TAKE
SHOBO

時の波間で貴方とともに眠れたら
女魔砲士は過保護な霊銃《おとこ》と夢の中で愛し合う

杜来リノ

Illustration
サマミヤアカザ

MOON DROPS

時の波間で貴方とともに眠れたら
女魔砲士は過保護な霊銃《おとこ》と夢の中で愛し合う

Contents

イラスト／サマミヤアカザ

時の波間で
貴方と
眠れたらともに

女魔砲士は過保護な霊銃《おとこ》と
夢の中で愛し合う

MOON DROPS

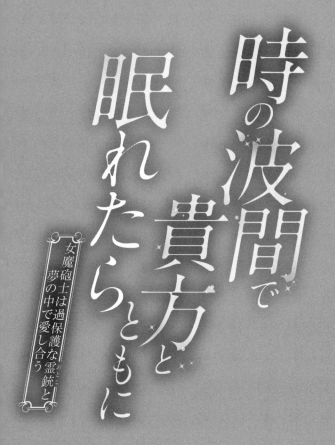

第一章　孔雀《くじゃく》と眼鏡蛇

「あーもう！　碧玉蛇《へきぎょく》のくせにしつっこいんだから！」

武骨な巨大銃を構えた若い女性が、悪態を吐きながら後方に飛びすさる。

女の眼前では、丸太のように太い胴体と宝石のような緑の鱗《うろこ》を持った大蛇が鎌首をもたげて威嚇行動を取っていた。

『……イライラすんな、パヴリーン』

「してないってば！」

パヴリーンと呼ばれた女性は、肩で大きく息をしながら怒鳴り声をあげた。直後に、しょんぼりとした顔になる。

「……嘘《うそ》。イライラしてる。ごめん」

『どうした？　お前らしくもない』

「だって今日、せっかくお休みだったのに……」

パヴリーンは葡萄《ぶどう》色の髪を軽く引っ張りながら、頬を膨らませる。

『じゃあ討伐依頼を断れば良かっただろ？　受けたのはお前自身なんだから、文句を言うのはどうかと思うぜ？』

会話を続けるパヴリーンの周囲には誰もいない。傍から見れば、若い女がただ一人で喋《しゃべ》っているように見える。

「個人事務所を立ち上げたばかりだから、断るのもどうかなって思ったんだもん。……まぁ、引き受けるだけ引き受けてパパに回せばいいか、って考えてたからなんだけどね？まさかパパとママがラオインに薬局を任せて旅行に行ってたなんて知らなかったよ……」

パヴリーンは大きく溜《た》め息をつき、手に持つ銃を顔の前に持ち上げた。

両親のうち、父親とパヴリーンは同じ仕事をしている。母は薬師の資格を持っていて、自身の個人薬局を営んでいるのだ。

ラオインとは、パヴリーンの四つ下の弟。普段は医師大学校の寮で暮らしているのだが、時折こうして頼まれると帰って来て母の薬局を手伝っている。

綺麗《きれい》に整え、深い青色に塗られた自身の爪を見ながらパヴリーンはまた溜め息をついた。

『手紙が届いていただろ？　お前がきちんと確認しないからだ』

呆《あき》れたような声に、パヴリーンは形の良い唇を尖《とが》らせる。

「だって、ここのところ忙しかったんだもん。手紙なんて確認してないよ。あーあ、朝から夜まであんなことやこんなこと、いーっぱいエッチできるかと思ったのに」

『……待て。そういうことを平気で口にするなと、何度言えばわかる？　お前はもっと慎みを持てよ』

「はいはい。ママみたいに、って言うんでしょ？　でも私、身体は処女だよ？　夢の中でしかセックスしたことないんだから」

『……やめろ』

ほんの少し、怒りを含ませた声が聞こえる。

同時に右手に握る銃が一気に重くなり、パヴリーンの右手ががくんと落ちた。

「わっ⁉　なによ、ちょっと！」

時を同じくして、黄緑色の煙をシュウシュウと吐きながら碧玉蛇が眼前に迫ってくる。

銃を構えようとするも、あり得ない重量に持ち上げることすらできない。

「やだ、ちょっと早く元に戻ってよ！　やられちゃうじゃない！」

パヴリーンは焦《あせ》る。左右の太腿《ふともも》には短剣が差し込んであるが、宝石の鱗を持つこの巨大蛇には通用しない。おまけに、他の銃を持っていないのだ。

それは必要ないからだったが、こういう風に喧嘩《けんか》をした時は非常に困ることが今わかった。

「もう、いいかげんに機嫌を治して！　っていうか、なに⁉　私とエッチするのって、そんなに恥ずかしいことなの？　じゃあもういいわよ、ちゃんとした人間の彼氏作るから！　それでご満足なんでしょ！」

吐き捨てるように言いながら、両腕に筋力強化の魔法をかける。その力を借り、本来なら到底持ち上げられない重さと化している銃を持ち上げ、巨大蛇に向けて二発連続で発砲

をした。

黒い靄《もや》をまとった弾丸が、吸い込まれるように蛇の胴体に命中していく。

弾丸を受けた体は赤黒い煙を上げながらみるみるうちに腐り落ちていき、巨大蛇はその美しい体を無残に三等分された状態で動きを止めた。

『……パヴリーン』

「はい、討伐完了っと。あとは後方の採集士さんに連絡をしたら終わりね。報酬を受け取りに行ってもまだ時間あるから、お買い物にでも行こうかな」

葡萄色の髪をかき上げ、鼻歌を歌いながら銃を腰に戻す。

『パヴリーン、ちょっと待て』

「あ、やっぱり爪の色を変えようかな。ずっと青だとつまらないし。ついでに宝石の欠片を飾りに埋め込んでもいいかも。自分だとあんまり可愛くできないから、お店に行かなきゃ」

『待てって！　俺が悪かったよ！　だから――』

「だから、なに？」

焦ったような男の声に合わせ、歩く足を止めた。その口元は笑みの形に軽く緩んでいる。

『……だから、人間の彼氏《おとこ》を、作るなんて言うな』

パヴリーンは手元でこっそりガッツポーズをする。

先ほどから喋っているのは、手に持っている銃だ。意志を持ち、契約者に力を与えるのと同時に魔力を吸い取る魔の銃。

——名を〝魔銃アスピス〟という。

「うーん、どうしようっかなぁ」

だが、まだ許した顔を見せるつもりはない。もちろん、とっくに怒りは消えている。ただここで嫉妬を煽《あお》っておくと、あとが非常に楽しいことになる。

『……パヴリーン。俺は、お前を失ったら多分、霊銃としてはもう——』

「ちょ、嘘に決まってるじゃない、馬鹿！　私はアスピスさえいればそれでいいの！」

焦燥《しょうそう》に駆られたような声に、パヴリーンは慌てた。

ちょっと調子に乗り過ぎたかもしれない。こういうところが、自己中心的な自分と周囲の気持ちを慮る母との違いなのだとあらためて思う。

「ごめん、アスピス。呆れてる？　私のこと嫌いになった？」

『いいや、嫌いになんてなるわけがないだろ。まぁ、振り回されてる自覚はあるけどな』

「……ごめんなさい」

パヴリーンの胸に、激しい後悔と焦りが過る。

彼《アスピス》は今「お前を失ったら——」と言っていた。だがアスピスを失ったら生きていけないのは、パヴリーンのほうなのだ。

——魔砲士パヴリーン・ヘルバリア。二十二歳。

魔砲士とは、主に古代の聖霊遺跡から発掘される〝霊銃〟と呼ばれる銃型の武器を扱う専門職のことをいう。霊銃は持ち主の魔力を変換し、銃の持つ属性に基づいた弾丸に変える。

そして一番の特徴は、霊銃には意思がある、ということだ。聖霊遺跡から発掘されたところで、誰もが扱えるわけではない。霊銃が持ち主を選び、また拒絶もする。

ランクの高い霊銃だと、銃の形状のままで持ち主と会話することすらできる。

その霊銃を使い、通常の武器が効きにくい魔獣を討伐したりする。軍人ではないので基本的に戦争などの対人戦闘に出ることはない。

だが霊銃以外の魔法武器を使用する凶悪な強盗団の討伐には必要に応じて赴いたりすることもある。

霊銃には契約者の魔力を吸い取り続ける代わりに長い寿命を与える『魔銃』と、契約者に魔力を与え続ける代わりに寿命を吸い取る『神銃』がある。

いくら長い寿命を与えられても、魔力を吸われ続けていたらあっという間に魔砲士としては使いものにならなくなる。

逆に魔力を過剰に与えられ続けても、寿命を奪われれば生命を維持できなくなる。

ゆえに魔砲士は身体のどこかに〝魔力制御〟の刺青を彫ったり護符を持ったりして己の身体と生命を守っている。

持ち主の魔力を吸い取り、腐毒の弾丸と化して放つこの魔銃アスピスを使うパヴリーンは、左側頭部の髪に魔力文言を書き込んだ赤銅色の飾り紐《ひも》を編み込んでいる。

これで、魔力を余分に吸い取られないよう調整をしているのだ。

魔砲士の資格試験は非常に難しく、合格率は低い。

だが、ある程度の家柄や経済力が必要な魔術師とは異なり、魔力が一定値を超えていれば養成学校への入学は可能だ。

おまけに晴れて魔砲士になったあかつきには、高い給与が約束され紋章を見せるだけで国境を超えることができるという利点があるため、入学希望者は後を絶たない。

ただパヴリーンが魔砲士を目指した理由は、生活の安定のためでもなければ利便性のためでもない。

業界では有名な存在である父親に憧れていた、ということもあるが、一番の理由はこのアスピスを使いたかったからだ。

パヴリーンがアスピスと〝出会った〟時、彼は魔砲士の父ではなく薬師の母のものだった。といっても本来の持ち主は父で、母は魔砲士ではない。

詳しいことは聞かされていないが、両親が結婚をする時に色々と騒動があったのだという。

だから両親は二人ともアケル王国人であるにもかかわらず、遠い国シーニーで暮らす羽目になった。

その騒動の最中、アスピスが母を守るために本来の契約者である父に内緒のまま、独断で母と契約をしたらしい。

パヴリーンが物心ついた時から、母のそばにはアスピスがいた。

子供の頃はその状況をまったく疑問に思っておらず、世の中の母親はみんな、〝スカートの下に大きな銃をぶら下げているのだと本気で信じていた。

実際は魔砲士ではない母が銃を所持しているのは普通ではなくむしろ違法になる。

そのことを理解すると、パヴリーンは一気に行動へ出た。

自分が母から彼を譲り受けるには、魔砲士の資格を取る以外に道はない。なによりも父が母の時のような〝特例〟を娘の自分には絶対に認めないだろうと思っていた。

だから苦手な勉強に必死になって取り組んだ。

父にわがままを言い「お勉強のやる気を出したいから」と頼み込んで魔砲士の会合にも連れて行ってもらい、アスピスを腰に下げた父と手を繋《つな》ぎ〝場の空気〟を感じさせてもらったこともある。

その地道な努力のおかげでパヴリーンは十六歳で難関試験に一発合格し、二十歳で個人事務所を構えるまでになった。そしてシーニー全土から様々な依頼を受けている。

父親もいまだに現役の魔砲士だが、現在その父をしのぐほどの実力を持つと言われる彼女は一つだけ誰にも、それこそ尊敬する両親にすら言えない秘密があった。

「ねぇ、アスピス。帰ったら目いっぱい、甘やかしてくれる？」

『……はいはい、葡萄姫』

「ちょっと、やめてよ、そのあだ名」

『いいじゃねぇか。同級生からそう呼ばれていたんだろ？』

パヴリーンは魔銃と契約した母の胎内にいた頃から、アスピスの存在を感じ彼に特別な思いを抱いていたような気がする。それはまるで兄を慕うような気持ちだったが、物心ついた頃にはその気持ちはもう変化していたと思う。

資格を取ってはじめて、父と一緒に未踏破の聖霊遺跡に潜ることになった時。

その時はまだ霊銃を持っていなかったパヴリーンは、鋼弾が装塡されている普通の銃を持っていた。

だが出発の日の朝、母が手渡してくれたのは〝魔銃アスピス〟だった。

パヴリーンはひどく驚いた。もう少し実力がついてから言おうと思っていたため、母に「アスピスを欲しい」と言ったことは一度もなかったからだ。

「あなたがアスピスを慕っているのはわかっていたわ。それに心配しないで。これはアスピスとも話し合って決めたことだから」

母はアスピスと正式に契約をする前から、夢の中で彼と会話をすることができたらしい。

それは知っていたのだが、まさか母がパヴリーンを心配するあまりにアスピスとの契約を〝本人〟と話し合い、パヴリーンに譲渡してくれるとは思ってもいなかった。

「私は魔砲士ではないから、これで良かったのよ」

そう言って微笑む母の手からアスピスを受け取った時のことは、今でも忘れられない。

そしてアスピスの契約者になった時、パヴリーンははじめて知った。

自分が母ですら不可能だった〝銃の状態でのアスピスと会話をすることができる〟ということを。

そんなある日、いつものように銃のアスピスと話している最中、急に思い出した。

まだ母の胎内にいる状態で、自分がアスピスと父を夢の中に引きずり込んだことがある、という記憶だ。その夜、パヴリーンはさっそくそれを試してみた。

ベッドに横たわり、静かに目を閉じる。やがて睡魔に誘われるがまま、夢の世界に滑り落ちていく。

ふと気づくと、辺り一面が白い靄《もや》に包まれていた。

しばらく待っていると、靄が次第に晴れていく。その向こう側では、記憶と同じ赤銅色の髪に青い目をしたアスピスが面倒くさそうな顔をして立っていた。

「アスピス！　会いたかった！」

喜びのあまり、飛び上がって抱きつく。アスピスはぶっきらぼうながら、パヴリーンの相手をしてくれた。

それに味をしめ、連日アスピスを自らの夢に引っ張り込み色々な悩みを相談したり他愛もない話をしたりするようになった。

だが、次第に〝兄〟に対する気持ちとは違う感情が胸の中で大きな渦を巻き始めた。

これは、もしかしなくても『恋』かもしれない。

そう自覚し始めたある日、パヴリーンはふと気づいた。

会話中、常に不愛想なアスピスが微妙に表情を和らげる瞬間があることに。

それが母の名前を口にした時だと確信した瞬間、泣き喚きたいほどの強烈な感情が湧き上がってくるのがわかった。

この感情の名前は、わざわざ誰かに訊《き》くまでもない。これは嫉妬だ。それ以外のなにものでもない。

母との絆《きずな》が先に存在していることはわかっている。でもアスピスは今、パヴリーンのものなのだ。

アスピスが好きだから、これまで懸命に努力をしてきた。誰にも、もちろん母にだって取られたくない。渡したくない。

そこで素直にアスピスへ告白しておけば良かったのかもしれない。

思いを受け取ってもらえたら素直に甘え、受け取ってもらえなければ潔く諦め〝契約者と相棒《あいぼう》〟としてやっていく。

それはごく単純なことだったのに、恋愛面で幼かったパヴリーンはとんでもない手を使ってしまった。

アスピスを夢の中に引っ張り込んだあと、なりふり構わずアスピスに迫った。

そして驚きのあまり無抵抗な霊銃を押し倒し、半ば強引に体を、いや、精神を繋げた。

――わかっている。

パヴリーンとて馬鹿ではない。アスピスは霊銃としての〝核〟の部分で人間の精神と触れ合い混ざり合った。そもそもアスピスは契約者の魔力を吸い取る魔銃だが、魔力が混ざり合ったせいでこれ以降、アスピスもまたパヴリーンに己の魔力を渡さなければならなくなってしまった。

だから彼は、絶対にパヴリーンを失うわけにはいかないのだ。

パヴリーンが側からいなくなれば霊銃として機能しなくなる、というのは紛れもない事実で、アスピスは決してパヴリーンを愛しているわけではない。

（それでも、私は……）

この先どんなことがあっても、彼《アスピス》から離れるつもりなんて一切ない。

毒の魔銃である彼の名前〝アスピス〟は両親の故郷、アケル王国の言葉で『眼鏡蛇《コブラ》』を意味し、そして〝パヴリーン〟は生まれ育った国シーニーの言葉で『孔雀《くじゃく》』を表す。

パヴリーンの名前は両親がつけてくれた。

だからそれは本当に偶然であったが、強毒を持つ蛇の天敵が美しい孔雀であることを知った時から、パヴリーンの心は決まっていた。

なんだかんだとパヴリーンを甘やかしてくれる、不愛想で優しい霊銃を失うこと以外に自分にとって恐ろしいことなどなにもありはしないのだから。

自宅に戻ったパヴリーンは、ひょいひょいと服を脱ぎ捨て一糸まとわぬ姿になった。

「ねぇアスピス、お湯を浴びてくるからちょっと待ってて」

『どうぞ、ごゆっくり』

全裸のまま、赤銅色の銃に軽くキスをする。そして〝恋人〟をそっとベッドに置き、鼻歌を歌いながら浴室に向かった。

「あー、体が埃《ほこり》っぽい」

シャワーの下の歯車を捻《ひね》り、湯を頭から浴びる。

あっという間に浴室は真っ白な湯気に包まれた。母に頭皮や肌が傷むからよしなさい、と何度も注意されているが、火傷しそうなほど熱い湯を浴びることをどうしても止められない。

パヴリーンは湯を出しっぱなしにしたまま、湯気で曇った鏡を擦った。

母と同じ葡萄色の髪。

左側頭部の一房だけは父と同じ玉蜀黍《トウモロコシ》色になっている。幼い頃からこの髪色を見るたびに、自分は二つの色を持つ両親の子供なのだ、と誇らしい気持ちになった。

「……墓場まで持って行く秘密、かぁ」

アスピスとの関係。

自分から強引に迫った結果とはいえ、このことを両親に知られたらアスピスはただでは済まないだろう。母は一定の理解を示してくれるかもしれないが、父を説得してくれるかどうかまではわからない。

「言えないよねぇ、やっぱり」

魔砲士には女性もそれなりの数がいる。それでも男性魔砲士の数には遠く及ばない。それは体力面でのハンデでもなければ魔力の問題でもなく『女性は子を孕《はら》むと魔力が落ち、使いものにならなくなる』という昔からあるなんの根拠もない流説のせいだ。

実際にはそんな事実はない。現在の魔砲士養成学校ではその部分をきちんと教えている。けれど養成学校を設立し魔砲士の登録や管理を行っている『魔砲士協会』の幹部には老齢の者が多い。

彼らは男尊女卑が当たり前に横行していた時代に生きていたせいか、そんな時代遅れの説を当然のような顔で口にしている。良くも悪くも影響力の大きい幹部の言葉ということで、若い魔砲士の中にもいまだにその流言を信じている者も少なからず存在する。

年若い女性であるパヴリーンは、現場で不快な思いをしたことは一度や二度ではない。他の霊銃を使おうとせず、アスピスだけを大事にしているパヴリーンに対し「その銃、いつもはどんな風に突っ込んでるんだ？」と下品極まりない揶揄《やゆ》を浴びせられたことだってある。

——パヴリーンも資格を取った時には、特殊な職業ゆえに閉鎖的になりがちな魔砲士の世界を変えてみせる、と意気込んでいた。それなのに。

「……閉鎖的にならざるを、得ないのかもね」

父は霊銃を二丁持っている。それは珍しい兄弟銃《フラーテル》だ。

霊銃としてのランクは高く、銃の状態で会話ができるどころか人間の姿になることもできる。本当に数は少ないが、そういった人化が可能な銃を持つ魔砲士は父以外にもいる。ランクの高い銃を持つ者たちは、男女問わずあまり他の同業者と接触をしようとしない。そのせいで高ランク銃の所有者は高慢で困る、などと言われているが、今のパヴリーンにはなんとなくわかる。高位の銃を持っていると質の良くない魔砲士に狙われる危険も高くなるのだ。

魔砲士は取得が難しい資格だけに試験内容が難しい。銃の腕は元より、数か国語の言語取得や一般常識も求められるのだ。さらに魔砲士協会は家系図を調べるため、四親等までの親族に重大な罪を犯した者がいる場合は資格試験を受けることすらできない。

こういった条件は様々な資格職の中でも群を抜いて厳しいが、それにはきちんと理由がある。

普通、他国へ入国するには入国証明書、目的を記入した書類、保証人の名前カードなど数種類の書類が必要になる。だが魔砲士は紋章を見せるだけでありとあらゆる国へ入国できる。審査を甘くしてしまえば、凶悪犯罪者に好き放題される可能性だってある。だからこそ魔砲士協会は簡単に合格させてくれない。

そうすると、やはり一定数出てきてしまうのだ。

――〝魔砲士に合格すること〟のみが目的になってしまった人物が。

そうすると魔砲士になった途端、箍《たが》が外れたように傍若無人に振舞う者も現れる。パヴリーンも一度、新人の魔砲士に暴力を振るい霊銃を奪おうとする魔砲士を取り押さえ通報したことがある。

霊銃たちは主を選ぶが、必ずしも契約者と心を通わせることを重要視している霊銃ばかりではない。銃である自分たちが存分に暴れられるなら、それを良しとする契約者に乗り換えることだってある。

「それに、他にもいるかもしれないものね」

――パヴリーンと同じく、己の霊銃と単なる相棒以上の絆で結ばれている者が。

結局、パヴリーンも色々と考え同業者とは距離を置いている。稀《まれ》に助っ人に呼ばれたり、逆にこちらが呼ぶこともあるが基本的にはいつも単独行動を取っている。

けれど父は同業の中に友人が多く、団体行動もそつなくこなす。そんな父はむしろ珍しい存在と言えるかもしれない。

「パパは基本、ママに関すること以外はびっくりするほど寛容だからなぁ。もしかしたら理解してくれるかもしれないけど、まだ勇気が出ないな」

父を信用していないわけではない。けれどパヴリーンの価値観では、例え親姉弟であっても自分とは違う人間である以上〝考えや行動のすべてを理解できる〟ということはないと思っている。

両親から愛されている自信はたっぷりあるが、だからといってアスピスとの仲を反対されないとは言い切れない。

「まぁ、いっか。なるようになるでしょ」

シャワーの湯を止め、全身から水を滴らせながらペタペタと廊下を歩く。髪も体も洗わない。どうせ目覚めたら汗びっしょりになっているのだ。体を綺麗にするのはその時でいい。

「アスピス、お待たせー」

『……また身体を拭いていないだろ。子供じゃないんだからちゃんとやれよ。風邪でもひいたらどうする』

「いいの。どうせ色々と濡《ぬ》れちゃうもん。じゃあ、ちょっと待ってて」

パヴリーンは濡れたまま、ベッドの上、アスピスの横に倒れ込み目を閉じた。そのまま深呼吸を繰り返していると、次第に眠気が襲って来る。

「あ、もう、いけそう……」

『なんだ、その誤解を招くような言い方は』

――アスピスの呆れたような声が、遠くから聞こえてくる。眠りの世界に滑り落ちる寸前、パヴリーンは手探りでアスピスを掴《つか》み、自らの腹の上に乗せた。

「……ヤル気満々だな、裸で呼ぶなんて」

パヴリーンはゆっくりと目を開けた。横になっているのは自室のベッドの上。

しかし部屋の中は白い靄がかかっている。

「いいじゃない、早くシたかったんだもん。なに？　自分で脱がせたかった感じ？」

上体を起こし、わざとらしく首を傾げてみせる。ベッドの上であぐらをかいている赤銅色の髪の男、アスピスはパヴリーンを青い目で見つめながら肩を竦《すく》めていた。

――黒背広《ブラックスーツ》に青いシャツ。だらしなく緩められた、髪と同じ赤銅色のネクタイ。少し跳ねた髪は後ろでひとくくりに結ばれており、顎には無精ひげ。人間年齢だと三十代らしいが、見た目はかなり若く顔立ちは整っている。これは魔銃アスピス本来の姿。そして夢の中でしか直接触れ合うことができない、なによりも大切な恋人。

「そうだな、脱がせたかった」

「えっ⁉　あ、ご、ごめん……」

アスピスならてっきり呆れたように溜め息を吐きながら、苦笑を浮かべると思っていたのに。

こんな風に心底残念そうな顔をされると、なんだかひどく申し訳ないことをした気分になる。

「ったく、冗談に決まってるだろ。裸だろうが服着てようが、お前は俺の愛……可愛い恋人だからな」

しょんぼりと項垂《うなだ》れるパヴリーンの手首が、不意に伸びて来た大きな手に掴まれた。そのまま引き寄せられ、スーツの胸元に顔を押しつけられる。

「ホント言葉が足りないんだから。そこは〝死んじゃいそうなくらい愛してる可愛い恋人〟っていうところだよ」

「……長いよ。お互いにわかってるなら別にいいだろ」

アスピスは決まり悪げに顔を逸らした。

「もう、そういうところをうやむやにしないでくれる？」

パヴリーンは身を起こし、アスピスの上着を脱がせた。そしてネクタイをほどきシャツの前を開《はだ》け、引き締まった胸元にちゅ、と口づけを落とす。音を立てて何度も吸いつきながら片手をそろりと下におろすと、びくびくと蠢《うごめ》く硬いものに手が触れた。

「あ、もう硬くなってる。早くない？」

膨らみの上で、指を踊るように滑らせる。緩急をつけながら動かすたびに、いつもほとんど変わらない表情が苦しげに歪《ゆが》む。

「……いちいちうるさいな」

掠《かす》れた声と共に、アスピスはパヴリーンの足の間に長い指を滑り込ませてきた。

直接的な刺激に、背中がびくんと跳ねる。慣れた手つきで指が動くたびに、粘ついた水音が周囲に響いた。

「すげぇ音。もう濡らしてんのか。早くないか？」

「あ、んっ、いちいち、うるさいな……っ」

指はまだ本格的に動いてはいない。

それなのに、気が遠くなりそうなほど気持ちいい。

思わず自分で自分が哀れに思えるほど、全身でアスピスを求めてしまう。

はしたないとわかっているが、どこかで〝好きなのだから仕方がない〟と開き直る部分があるのも確かだった。


初めてアスピスを押し倒した時。

そういった欲と期待があったからもちろんそういう行動に出たのだが、正直なところ衝動的なものだった。所詮は夢の中でのことだし、セックスが可能とは微塵《みじん》も思っていなかったのだ。

ただ、触れ合ったりキスしたりできればそれで良かったはずだった。

それなのに息を荒げながら顔を上気させ、背広の股間部分を盛り上げているアスピスの姿を見ているとなんというか、どうしても欲しくてたまらなくなってしまった。

「ねぇ、これ、私のせい？　私で興奮してくれてるの？」

「……っ、そうだよ、悪いか！　いいからさっさと離れてくれよ……！」

パヴリーンを傷つけまいと思ったのだろう、アスピスは片手で目を覆ったまま、ろくに抵抗をしようとしなかった。

「い、いいわ、動かないで。私が、なにもかもしてあげるから」

「待て、やめろ、馬鹿！　おい、待てって！」

そしてはじめて弱弱しい抵抗を見せたアスピスに無理やりまたがり、上着のボタンを外し、ネクタイを緩め、破く勢いで青いシャツを開けさせた。当然、自分も服を脱ぎ捨て裸になる。

「……ここ、楽にしてあげる」

――今思えば、この時は軽い錯乱状態に陥っていたのだと思う。

そうでなければ、ベルトを緩め金具を外しガチガチに硬くなった男性器をつかみ出すなど、素の状態ではとてもできなかっただろう。

「な、なんかおっきくて太い……。あ、やだ、動いてる……。で、でも大丈夫、大丈夫だからじっとしていて。痛くないようにするから、怖がらないでね」

「俺の台詞だ、それは……！」

剛直に触れる両手も膝の上にまたがる体も、呆れるほど震えている。

「ん、アスピス、好き、大好き……！」

〝好き〟という思い以外、もうなにも考えられない。

そしてまるで誰かに導かれたかのように、パヴリーンは腰をあげそそり立つ肉の棒に自らの割れ目を押し当てた。

「あ、ん、んん、ん……ッ」

そのまま腰をゆっくり沈めると、驚くほどの圧迫感に襲われた。だが期待と興奮で予想以上に潤っていたのか、痛みこそひどいもののさしたる抵抗もなくすんなりと剛直を呑み込んでいく。

「あ、んぅ、あぁ……ッ」

「うぁっ、あ、クソ、やばい、やめっ……！」

必死に制止するアスピスを黙らせるように、震える足に力を込め繋がった腰を揺らした。

だが、さすがにそこで一気に高みへと押し上げられ快楽に我を忘れる、という都合のいいことは起こらない。

結局、パヴリーンが一人で頑張れたのはそこまでだった。

「ったく、後悔しても知らないからな⁉　お望みどおりに、してやるよ……！」

そのあとは完全に理性を飛ばしたアスピスに散々鳴かされることになってしまった。

今まで夢の中で会う時は常に涼しい顔をしていたアスピスが、パヴリーンの上で歯を食いしばりながら髪を乱し、汗を飛び散らせ余裕など欠片もない顔で腰を振っている。

その顔を見た瞬間、パヴリーンは得も言われぬ幸せを感じていた。


どこか後ろめたくも懐かしい回想に浸りながら、パヴリーンはベルトを緩め完全に勃《た》ち上がった剛直を掴み出した。アスピスはシャツの前を開き下半身はちらりと見える黒い下着を少しずらしただけの状態。

アスピスはパヴリーンのように全裸になることはできない。

着用している衣服も〝アスピスを構成している魂の一部〟だからだという。

「今さら言うのもなんだけど、なんでコレが勃つんだろ。おまけに射精もできるし、すごく人間っぽい造りになってるよね」

「……本当に今さらだな。そりゃ、勃つし出るよ。俺ら一部の霊銃は、元人間だからな」

「へぇ、そっか。元人間なんだ……って、嘘ぉ!?」

「ま、つっても精液は実体のある幻みたいなもんだからな、子供《ガキ》はできないぜ？　それより誰にも言うなよ」

戸惑うパヴリーンは反射的に頷《うなず》きながら、アスピスの青い目を見つめた。見つめるうちに驚きは収まり、逆に胸の中でドロドロとしたものが渦巻いてくるのがわかる。

――まさか、アスピスが元人間だったなんて。

〝一部の霊銃〟ということは、そうでない霊銃もいるのだろう。

父の所持する兄弟銃はどこか浮世離れした部分があるし、今一つ常識に欠ける部分もある。彼らは元人間とは思えない。ひょっとしたら聖霊の気まぐれで生まれた存在なのかもしれないが、そんなことはどうだっていい。

惚《ほ》れた欲目を抜きにしても、アスピスはカッコいいし落ち着いていて頼りがいがある。銃になっていきなり性格が変わる、なんてことはないだろうし、きっと人間だった頃もこのままの性格だったのだろう。

ということは、女性から言い寄られることもさぞかし多かったに違いない。

「ね、ねぇ、じゃあアスピスの名字ってなに？」

「覚えてないな。そもそも、この名前も本名じゃないし」

――本名じゃない。ということは、彼の本当の名前を知っている女が過去にいたということだ。

「……アスピスは、私の恋人なんだからね？　ちゃんとわかってる？」

「なんだ、いきなり。もちろんわかってるよ、葡萄姫」

「からかわないでよ。いいから、早く抱いて」

パヴリーンはこみ上げる嫉妬心を押し隠すように、あえて挑戦的な笑みを浮かべてみせた。

＊＊＊＊＊＊

アスピスはしなやかな女の身体を抱き締めながら、内心で溜め息をついていた。

幼い頃から、それこそ生まれる前から見守り慈しんでいた娘とこんな関係になるとは想像もしていなかった。そう思いながら、葡萄色の髪に鼻先を埋める。

庇護《ひご》の対象でしかなかった、妹のように大切に思っていたパヴリーン。

その身体を撫《な》でながら、柔らかな胸を揉《も》み先端を強く摘まむ。パヴリーンは甘い声をあげながら、アスピスの背に細い両足を絡めてきた。

「……大丈夫か？　痛かったら言えよ」

「もう、痛くしたことなんかないくせに。エッチするたびに同じことを言うの、いいかげんやめてよ」

パヴリーンの不満そうな声。そう言われても、全力で触れると壊してしまいそうで怖い。

実をいうと、アスピスには自分が元人間だったという記憶が朧《おぼろ》げにあった。このことは、パヴリーンは元より最初の契約者だった彼女の父にも、次に契約した彼女の母にも話していない。

別に秘密にしているつもりはなかったが、〝没年齢三十五歳の元人間である〟ということと、〝心から愛する者がいた〟ということ。その二点以外の記憶が曖昧すぎるからわざわざ話さなかったのだ。

そして人間としての生を終えた瞬間があまり楽しいものではなかったような気がする、というのが最大の理由だと思う。

はっきり言って、怖い。できれば思い出したくはない。

そこから約五百年余。霊銃として生きた時間が長くなったせいで、女の身体に対する力加減がよくわからなくなっている。そもそも、精神世界で人間の女と性行為をするなど、まったくはじめての経験なのだ。

「……いつか、痛いことをするかもしれないだろ」

「ええ？　別に、いつでも痛くしてくれてもいいのに」

「そんなことするか。俺は惚れた女を甘やかしたい性格なんだよ」

――肩を竦めながら言ったあと、アスピスはすぐに後悔をした。腕の中のパヴリーンはあからさまに顔を強張らせている。この娘は時に信じられないほど大胆な行動を取るくせに、本来の性格は非常に繊細でおまけに傷つきやすい。

今もそうだ。うっかり〝惚れた女が過去にいた〟と受け取れる言葉に、傷ついているのだろう。

「……アスピスには、大切な人がいた？」

案の定、パヴリーンは消え入りそうな声で訊いてきた。アスピスはしばし躊躇《ため》い、やがてその問いに答えるべく口を開いた。

「パヴリーン。俺は過去のことは断片的にしか覚えていない。忘れられない記憶はいくつかあるが、それが本当の記憶なのかすらもわからない。確証が持てないうちに言うのもどうかと思うが、それでもいいなら言う。俺には愛している女がいた、という記憶がある」

「……うん」

本当は、その部分は正しい記憶だという実感がある。だが、それをあえて口にはしなかった。

「覚えているのはそれだけ。あとは、顔も名前も覚えていない」

パヴリーンは胸にもたれかかったまま、真剣な顔で頷いている。アスピスはパヴリーンの薄い腹部をなぞりながら、再び足の間に指を入れた。

「ん……っ」

ほんの少しだけ乾いていたそこは、指を軽く往復させただけですぐにトロトロと蜜を吐き出していく。絡みつくように締まる肉襞が、アスピスの指をきつく締めあげる。

「ね、指はもういいから、挿れてよ」

「あと少しだけ我慢しろ。中が傷ついたらどうすんだよ」

「平気だもん。もう、中はアスピスの形になってるし。ねぇ、いいから早く」

指を二本も呑《の》み込んだまま、パヴリーンはもどかしげに腰を揺らしている。

それに合わせ、葡萄色の髪が揺れた。アスピスの記憶をチリチリと炙《あぶ》るような、どこか焦燥に駆られる色合いに、軽くめまいがしてくる。

「……悪い女だな、お前は」

──大切な恋人にこんなに可愛く強請られて、断れる男がいるわけがない。

アスピスは甘えるパヴリーンの腰を持ち上げ、痛いほど勃ちあがっている己の性器を潤む割れ目に押し当てる。そして期待に震える身体を抱き締めながら、下から勢いよく突き上げた。

「あ、んん、ん……ッ」

「これでいいか?」

わざと揶揄うように言いながら、逃がさないよう細腰をしっかり抱え繋がったままベッドに倒れ込んでいく。倒れた弾みで最奥を抉《えぐ》ってしまったのか、パヴリーンは甲高い悲鳴をあげた。

「あぁ……ッ！　奥、気持ちい、そこ、もっと……ッ」

「はいはい、葡萄姫」

「や、やめてってば、もう、その呼ばれかたは嫌、なの」

「なんでだよ。お前に似合ってるし、可愛いのに」

むくれる彼女の額に口づけ、望みどおりに欲しがるところを集中的に責める。

背中に食い込む長い爪は、自分の目の色に染められている。そういうところが本当に健気で愛らしい。

直接肌に触れられないせいで、どれだけ爪を立てられても傷つくことはないし痛くもなんともない。けれど彼女の爪痕を背中に残すことができたらどれだけ幸福だろう、とひそかに思っている。

「は、あう、ん、あっ、もう、イっちゃいそう」

パヴリーンは両の目を閉じ大きく背を反らせた。抱き締めている身体が、ガクガクと震え始める。

「あぁ、イキそう？　いいよ、わかった」

耳朶《みみたぶ》を食《は》みながら甘く囁《ささや》いてやると、膣内《ちつない》がひと際きつく締まった。これは早く楽にしてやったほうがいい、といっそう腰の動きを激しくする。

「あ、好き、アスピス、好き、愛してる……！」

掠れた声で愛の言葉を口にしたあと、パヴリーンは小刻みに痙攣《けいれん》しながら達した。

ぼんやりと開かれた薄緑の目から、一筋の涙がこぼれる。達した時には必ず涙をあふれさせるパヴリーンに最初は驚いたが、慣れた今では可愛いものだと思う。

「……俺も」

そう囁きながら、濡れた目尻に唇を寄せた。

「パヴリーン、ほら、こっち向いてくれよ。俺はまだイってないんだぜ？」

「ん……、じゃあすぐ、イカせてあげる」

達したことで余裕が出たのか、パヴリーンは涙を指で払うと身を起こし、アスピスの胸を軽く押した。

そしていまだ硬く勃ちあがっているそれを、躊躇うことなく口に含む。

「なっ、それはしなくていいって、いつも言っているだろ⁉」

「やら、ひたいんらもん」

「く、咥《くわ》えたまま喋るな……！」

パヴリーンの小さな口に、血管の浮いた肉の棒が出入りする。童顔のパヴリーンに口でされると、快楽よりも背徳感がすさまじい。

「うっ……！　離れろパヴィ、もう出すから！　おい、離れろって……！」

文字通り腰が抜けそうな快楽に襲われ、引き剝がそうにも力が入らない。せめて、と腰を引いた次の瞬間、パヴリーンの滑らかな舌が先端の敏感な部分を掠めた。

「うっ！　あ、クソッ！」

自らの意志に反し、ガクガクと無様な動きで腰が前後に揺れる。やがて、どぷりと吐き出された白濁をパヴリーンは当然のように飲み込んだ。アスピスは片手で顔を押さえながらその様子を眺め、大きく息を吐いた。

「はぁ、ったく……。いくら本物じゃないっても、そんなもん飲むなよ」

アスピスはこちらを見上げる葡萄色の髪をくしゃりと撫でた。

「平気だもん。だって幻だから、味とかぜんぜんしないし。ドロドロしてるから飲み込みにくいけど」

「……わかった。いちいち言わなくていい」

「はぁーい」

昼間、仕事をしている時は元気いっぱいだったがそれなりに疲れていたのか、パヴリーンはいつものように二回戦を求めようとはせずベッドの上に身を投げ出す。アスピスはすばやく身なりを整え、パヴリーンの身体にシーツをふわりとかけてやった。

「ほら、とっとと夢から覚めてもう一回風呂に入れよ」

「アスピスが愛してるって言ってくれたら、起きてあげてもいいけど?」

「……パヴィ」

「あー、もう！　わかってるってば。本当、アスピスったらパパみたいに口うるさいんだから」

パヴリーンは不貞腐れたように頬を膨らませ、シーツで全身をくるりと包んだ。

同時に、アスピスの周囲が白い靄に包まれていく。パヴリーンが、夢から覚めようとしているのだ。

「はぁ、俺はどこで間違ったんだろうな」

精神《からだ》を重ねるようになってからも、アスピスは一度もパヴリーンに「愛している」と言ったことはない。彼女が言って欲しいと思っているのはわかっている。

けれど、どうしても口にすることができない。

一度でも口にしてしまったら、もう二度と引き返せないような気がするからだ。

とはいえ引き返すもなにも、すでに互いの魔力を行き来させないといけない状態になっている。それでもパヴリーンは、今ならまだ正しい道に戻れるはずだ。

確かに、アスピスと離れるとしばらくは魔力回路が安定しない時期が続くだろう。

だがそれはそう長くなく、じきに魔銃から魔力を吸い上げなくてもいい状態に戻る。

常日頃からこう考えているわりには、パヴリーンが『人間の彼氏を作る』と言った時には必死で引き止めてしまったのはなぜだろう。冗談だということはわかっていたのだから、余裕の笑みでも浮かべてみせてやるべきだったのに。

「……手放せなくなる前に、なんとかしてやらないと」

パヴリーンには、ほんの少しだけ嘘をついた。人間だった頃の自分が愛した女についてい〝存在していた事実〟以外は覚えていないと言ったが、実は一つだけ覚えていることがある。

『愛しているよ、俺のメル』

揶揄《からか》いを含みつつ〝彼女〟へ、愛しげに囁いた自分の声。恋人を甘い蜂蜜《メル》になぞらえて呼ぶようなつき合い方をしていたなんて到底信じられないが、これは本物の記憶だと思う。

そして、その〝彼女〟は忘れられない記憶の一つである最後の瞬間、確かに自分の側にいた。

「……やめろ、考えるな」

アスピスは靄に包まれながら、片手で額を押さえた。早く銃の姿に戻りたい。そうでないと、自分は思い出そうとしてしまう。

あの時嗅いだ血の香りを。赤く染まった胸元を。自らの心を黒く染め上げる狂おしい絶望を。真っ白な手を投げだし、倒れ伏した〝彼女〟の顔は――。

このままだと、思い出してしまう。パヴリーンの夢の中では、自分の思う通りに心を閉ざすことができない。

「くそ、パヴリーンのやつ粘りやがって……！　早く起きてくれよ」

ひたすら願い続けるうちに、ようやく身体が白に溶け込み、アスピスはパヴリーンの夢の世界から消失し始めた。それに伴い、不快な記憶の断片も徐々に頭の中から薄れていく。

――そして、アスピスは銃の姿に戻った。

ベッドの上にパヴリーンの気配はない。言いつけに従い、大人しく湯を浴びにいったのだろう。

さらに気配を探ると、かすかに鼻歌が聞こえる。あれはパヴリーンの母親が幼い彼女によく歌ってやっていた歌だ。毎日のように聞くうちに、すっかり覚えてしまった。

歌を聞きながらアスピスは思う。

この先なにがあっても、パヴリーンのことだけは絶対に守らなければならない。

それが災厄からなのか、彼女を〝正しくない道〟に導いてしまった愚かなアスピス自身からなのかは、よくわからないけれど。


アスピスは、人間だった頃の名前を覚えてはいない。

ただ、『眼鏡蛇《アスピス》』という名前ではなかったことは確かだ。耳をくすぐるような可愛らしい声が、違う名前を呼んでいたのを薄々覚えている。

霊銃と化して〝目が覚めた〟時、目に入ったのが石床を這《は》いずり回る眼鏡蛇だった。だからそう名乗ることにした。ただそれだけのことだ。

こういった肝心な部分は曖昧なのに、忌まわしい最期の時の記憶は明瞭なのが腹立たしい。

霊銃になったアスピスの〝最初の記憶〟は、パヴリーンの父親に発見され契約したあの聖霊遺跡の中だ。

といっても、当時は魔獣が跋扈《ばっこ》するただの洞窟だと思われていた。

岩壁に〝魂を結晶化する〟石である霊晶石が大量に埋もれていることに、誰も気づかなかったのだろう。

各地の聖霊遺跡で発見される妖剣や聖槍《せいそう》、魔弓や霊銃が〝生命力が変化《へんげ》した霊晶石〟であるということを、のちに身をもって知った。

――自分はもう覚えていない〝大切な誰か〟を守ろうとしていた気がする。

そしてその人物を守ることができなかった。その上、全身を切り刻まれ折れた剣先や短槍、毒矢などをまるで針鼠《ハリネズミ》のように全身に突き刺された状態で無造作に洞窟内へ投げ捨てられた。

痛みは感じなかった。覚えていないのではない。傷の痛みなどどうでもよくなるくらい、大切な人を守れなかった無念と絶望、その二つの感情に肉体の痛みを上回る苦痛を覚えていたからだ。

〝大切な誰か〟は記憶の中で血に染まっていた。だが生死はわからない。

同じ場所で刃を受けたのにもかかわらず、なぜわざわざ引き離されアスピスだけが遠くに打ち捨てられたのだろう。

襲撃者は、よほど自分たちを一緒にさせたくなかったのかもしれない。

――せめて〝大切な誰か〟があの時生きていてくれたら。

いや、それは楽観的すぎる。守護者である自分がこうなっている以上、おそらく記憶のとおり、よくない結果になっているのは間違いない。

『……守ると言ったのに、守ってやれなくて、ごめん』

花咲き乱れる場所、とまでは言わないが、せめて日の当たる場所で静かに眠らせてやって欲しい。

特にはっきりと覚えているのはこの部分。

以前の自分は命尽きるその時まで、ただそのことだけを願っていたような気がする。


「……これは絶対、こいつのせいだ」

アスピスは意識を横に向けた。風呂からあがったパヴリーンは、ベッドですやすやと寝息を立てている。霊銃であるアスピスは、当然だが人間のようには眠らない。いつもは意識をギリギリまで沈め、睡眠に近い状況を作っている。

『おっさん、どうしたの？　なんか、今日は荒れてるじゃん』

『パヴリーンと喧嘩《けんか》でもした？』

だが今日は、無性に誰かと話したい気分だった。といっても今、この場でアスピスが唯一話すことができるパヴリーンは眠っている。だから珍しく、こちらから〝彼ら〟に接触を試みた。

――アスピスの元契約者であるパヴリーンの父と契約している兄弟銃、神銃スピナキアと魔銃ルブスに。

「荒れてなんかねぇよ。ただ、ここのところずっと調子が悪い」

霊銃同士は離れた場所にいても念話をすることができる。もちろん霊銃のランクによって話せる距離が異なるのだが、この兄弟のランクは相当高い。

夢でしか人の姿になれない自分とは異なり、現実世界でも人化することが出来る。人化した彼らは少年の姿だ。パヴリーンが幼い頃は、よく二人して彼女を抱きあげてあやしていた。

そんな彼らとは、広大なシーニー国内のどこにいても大体念話が繋がる。

『調子が悪いってなに、病気？　おっさん死ぬの？　だから僕たちとお別れの念話をしようとしてきたの？』

『え、それって霊銃《ぼくたち》しかかからない病気？　そんなの聞いたことないけどなぁ』

兄弟は困惑の声をあげている。アスピスは深い溜め息をついた。自分は一体、なにを血迷ったのだろう。彼らに話をしたところで、理解してもらえるはずがない。

「……悪いな、二人とも。やっぱりいい。気にしないでくれ」

兄弟が年若いからではない。彼らは純度の高い霊晶石の化身なのだ。

遺跡の中に入ってきた人間や魔獣、他の鉱石から少しずつ魔力や生命力を吸い上げ、やがて人智《じんち》を超えた武器に変化する。元が人間の自分より幅広い知識を持っているが、そのぶん思考に人間らしい雑味がない。

だから、このごちゃごちゃとした内心の混乱を伝えても理解してもらえないだろう、と思った。

『待って、気になるよ。だって僕たち、おっさんのこと好きだし』

『うん。おっさんがおっさんだった時のことは知らないけど、知りたいって思うくらいには好きだよ』

アスピスは苦笑を浮かべた。兄弟の物言いは軽い。けれど、その中に温かさが含まれているのを確かに感じ取った。ひょっとしたらこの兄弟も、ヘルバリア一家に触れてなにかが変わったのかもしれない。

「……なんだよ、〝おっさんだった時〟って。俺だって美少年時代が多分あったはずだよ。まぁその、なんていうか、実はパヴリーンと――」

『うん、エッチなことしちゃったんでしょ？』

『わかった！　もしかしておっさん、枯れちゃったとか？　あ、勃たなくなったの？』

予想外の返答にアスピスは言葉を失った。なぜ、二人の関係がバレたのだろう。

いくら遠く離れた場所にいても念話ができるとはいえ、互いがなにをしているのかまではわからないはずだ。

『なに焦ってんの？　あぁ、僕たちが二人の関係を知ってるから？　それはだって、パヴリーンが教えてくれたからだよ』

アスピスはその言葉を反芻《はんすう》し、理解した途端、大声をあげた。

「……はぁ⁉　いつ⁉」

『いつだったかなぁ。パヴリーンが実家に帰ってきた時？　なんか機嫌良さそうだねって話しかけたら、僕たちだけにこっそり教えてくれたんだ。あ、安心して。ゼアにもウィーティスにも喋ってないから』

――〝ゼア〟とはパヴリーンの父親で、〝ウィーティス〟とは母親のことだ。

後者はともかく、前者には絶対に知られてはならない。

「あ、いや、そ、そうか……」

『うん。で、パヴリーンとなにかあった？』

『もうエッチしないって言われたとか？　おっさん、案外ねちっこそうだもんね。それともルブスが言うように、男性器が勃起しなくなったの？』

「直接的な表現はやめろ。それから勃たなくなったわけじゃねぇよ。つーか言わせるな、こういうことを」

相手は本物の子供ではないとはいえ、大人の男が少年に言っていい台詞なのか、と不思議な罪悪感が湧く。

『そっか、良かったね。あ、じゃあ逆？』

『おっさんの性欲にパヴリーンがついていけなくなったとか？』

「違う。まず、そっち方面から一回離れてくれ」

兄弟は持っている知識と状況から原因を推測し答えを導き出しているだけだ。

それがわかっているから腹は立たないが、精神力はごっそりと削られる。

しかし二人が混じりけのない考えを持っているからこそ、逆に悩みを話せるのは彼らしかいない。

「……パヴリーンとそういうアレになってから、妙に過去を思い出すんだよ。思い出すっていうか、元から多少の記憶はあった。それがここにきて勝手に色々と蘇《よみがえ》ってくるんだ。これは多分、生きた人間の精神と直接触れ合ったからだよな。それについて、どう思う？」

兄弟は沈黙している。アスピスは苦笑を浮かべた。記憶云々《うんぬん》に関しては、やはり生まれながらの霊銃である彼らにはピンとこないのだろうか。

「わからないか。ま、こればっかりは自分でどうにか――」

『待って、わかった。ティアーラとモニーレに訊いてみるよ』

『うん。ちょうど二人に会う予定があるから』

――〝ティアーラとモニーレ〟。

それはパヴリーンの父親の友人である魔砲士が所有する姉妹銃《アデルフィー》の名前だ。姉妹ともに神銃で、兄弟と同じく人化することができる。その姿は二十代前半くらいの妖艶な美女だ。

「……いや、あいつらはいいよ」

アスピスは彼女たちとその契約者を思い浮かべた。契約者は五十代後半の男。体格もよく長身で顔立ちも精悍《せいかん》、どこか優男風のパヴリーンの父とはまた異なった感じで、見目の良い男だ。

女性から非常に人気がある、とパヴリーンの父親が言っていたが、彼はいまだに独り身だ。だがアスピスとパヴリーンのように姉妹と〝そういう関係〟だからではない。

恋人ができても人化した美しい姉妹を見ると必ず女性が怒り、去ってしまうらしい。

姉妹と契約者は、互いに強い信頼関係で結ばれている。ただそれだけで、彼らの間に性愛は一切存在しない。

それは姉妹も兄弟と同じく〝霊晶石の結晶〟であるからだ。

けれどそれゆえに、人間と距離感の異なる彼女らの行動は周囲にあまり理解されないことが多い。

アスピスも一度、その無邪気さの被害にあったことがある。

年に一回開かれる魔砲士の会合。

そこで人化したティアーラが、ふざけて己の豊満な胸の間に銃体のアスピスを挟んだ。

それを見たパヴリーンが激怒し、宥《なだ》めるのが大変だったのだ。

それ以来なんとなく、姉妹とは距離を置いている。

『ティアーラたちは最近、チームを組んで聖霊遺跡の発掘をする学者の護衛をしているらしいんだ。だから情報を集めてもらおうかと思って』

『情報を集める？　どうやって？』

——兄弟の契約者、パヴリーンの父は勝手に人化して歩き回る兄弟を咎《とが》めることなく好きにさせている。が、彼らの正体が霊銃であることに関しては信頼できる人間にしか話していないはずだ。

『念話で話すんだよ。まぁ、数が多いのは低位の銃だからどこまで正確な話が聞けるかわからないけどね。僕たち、おっさんとティアーラたち以外とは話すことはほぼないし』

『でも数をこなせば、おっさんみたいに元人間だった霊銃が他にいるかもしれないよね』

アスピスは低く唸《うな》った。

確かに、自分と照らし合わせて考えると、同程度の強さを持つ霊銃は元人間の可能性が高い。

他の〝元人間〟がどの程度の記憶を持っているかわかるかもしれない。契約者と〝身体の関係〟ならぬ〝精神の関係〟を持っている者がいるのかどうかまでは、わからないだろうが。

「……わかった、あいつらに頼んでくれ。ただし、俺たちの関係は絶対に言うなよ」

『大丈夫だって。大体、ゼアやウィーティスにだって話してないことを他のやつに言うわけないじゃん』

『おっさん、相変わらず心配性だね。じゃあなにかわかったら連絡するね、またね、おっさん』

兄弟は慌ただしく念話を遮断した。おそらく、待機場所である書斎に誰かやってきたのだろう。

「これで、なにかわかるといいが」

アスピスは眠るパヴリーンに再び意識を向けた。

規則正しい寝息を聞いていると、心の奥底にある剥き出しになった部分を直接撫でられているような、なんとも言えない気分になる。

——これ以上、なにかを思い出すのが怖い。

違う。思い出すことでなにかが変わってしまうことが怖いのだ。

霊銃となってから五百年余。アスピスははじめて、己の存在を不安に思い始めていた。

第二章　魔砲士狩りの噂《うわさ》

翌日。

パヴリーンはアスピスを銃嚢《じゅうのう》におさめ、自らの事務所に向かった。

「依頼、いいのが来ているといいなぁ」

『……そうだな』

「ね、ちょっと遠くてもいいから報酬が高いのがいいんだけど、どうだろうね」

どうでもいい会話で場をもたせようとしてしまう。それに、いつもは自然と出てくる鼻歌が出てこない。

パヴリーンはひっそりと溜め息をついた。このぎこちない空気に、アスピスは気づいているだろうか。

(結局、〝愛してる〟って言ってくれなかった……)

だが、その件に対して詰め寄ることなどできない。

ただでさえ重い女だという自覚があるのに、これ以上に嫉妬深い面を見せて愛想を尽かされてしまうのが怖いからだ。

（……私、こんなに臆病な女だったっけ）

言いたいことを言えない関係は長続きしない。それはわかっている。

ただ今のパヴリーンは、アスピスに関することでは一切の痛みを感じたくないのだ。

「ん？　あれ、クニークルスだ。なにしてるんだろう」

事務所の目の前まで来た時、魔砲士仲間のクニークルス・パスティナーカが立っているのが見えた。黒髪に橙《だいだい》色の肌。緑の目。年齢はパヴリーンの六つ上だが、昨年資格を取ったばかりの新人魔砲士だ。

大柄で筋肉質、一見強面な男だが非常に気が優しい。酒が好きらしく、たまにパヴリーンが酒場に行くとクニークルスは必ずカウンターの端で一人静かに飲んでいる。腰には、師匠から譲り受けたという古い神銃。

「パヴリーン！」

声をかける前に、気づいたクニークルスが駆け寄ってきた。

いつも柔和な笑みを浮かべているその顔は、珍しく強張っている。

「え、なに、どうしたの？」

魔砲士の世界は経験がものをいう。年若くとも、先に資格を取り実戦経験も豊富なパヴリーンは年上のクニークルスにも敬語を使うことはない。

「あの、霊銃狩りのことをなにかお父上から聞いてはいませんか？」

パヴリーンは目を大きく見開いた。

「霊銃狩り⁉　なによ、それ」

「文字どおり、狩りです。ここのところ、魔砲士が襲撃されて所持している霊銃を破壊される事件がアケルで頻発しているそうなんですよ」

パヴリーンは首を傾げた。

「うわ、本当に？　だって、そんな噂聞いたことないよ？」

「今のところ、アケルでのみ起きているみたいですね。オレ、実は仕事でアケルに行かないといけないいんですが、すごく心配で……」

クニークルスは心配そうな顔をしている。魔砲士を襲撃するなど並大抵の胆力ではない。そんな輩に、まだ経験の浅い自分が襲われたら、と心配なのだろう。

「霊銃を壊された魔砲士はどうなったの？　まさか、殺されたとか？」

「いえ、襲われた魔砲士は全員、命に別状はないそうです」

「殺すわけでも、霊銃を盗むわけでもなく、ただ破壊だけしていく……？　なんなの、その犯人」

魔砲士が襲われることなど滅多にないが、仮になにか目的があるとしたら霊銃の強奪だ。わざわざ危険を冒して魔砲士を襲っておいて貴重な霊銃を破壊するなど、一体なにが目的なのだろうか。

『……盗まなかったんじゃなくて、盗めなかっただけなんじゃないのか？　俺らに好き嫌いがあることは知っているだろ？　その襲撃犯が最低なヤツで、霊銃に好かれなかったから腹いせにぶっ壊したってことなんじゃねぇの？』

アスピスが呆れたように言う。

だが、パヴリーンは妙に引っかかるものを覚えた。

「……襲われた魔砲士になにか共通点は？」

クニークルスはゆっくりと頷いた。

あるのだ。〝魔砲士狩り〟に遭った者には、共通点が。

「襲われるのは中位クラスの霊銃を持っている魔砲士です。低位の銃しか持っていない者、高位の銃を持っている者は襲われていないようですね」

パヴリーンの背に、冷たい汗が流れた。

魔砲士協会では魔砲士登録の際に銃を使用した実技を行い、その威力によって大まかにランクを定めている。

アスピスは中位の銃だ。父は最初低位だと思っていたようだが、それはアスピスが父と積極的に話をしなかったからに過ぎない。

「ねぇ、でもどうして見ただけでランクがわかるの？　霊銃登録の名簿は申請すれば閲覧できるけど、そうしたら誰が名簿を見たのかすぐわかる。でも犯人がわからないってことは、少なくとも名簿で確認して襲ったわけじゃない。銃の大きさとか攻撃力である程度の区別はできるけど、高位の銃が大きくて強いとは限らないし、そもそも霊銃の威力は相性で変化する部分だってある。厳密には低位と中位の差はほとんどないはずなのに」

「……あ、それはそうですね。よく考えたら、どうしてだろう」

クニークルスは首を捻っている。

「その中位クラスの銃が狙われているって情報は誰から聞いたの？」

「いや、オレの師匠が仕事でアケルに行った時、小耳に挟んだらしいんですが」

どうやら、情報は又聞きしたものらしい。

「まぁ、シーニーで事件が起きていないならいいけどね」

「でも、犯人の目的がわからない以上そう油断もしていられませんよ。……ところでパヴリーン。オレ、あなたに少々頼みごとがあるんですが」

いきなりクニークルスの声のトーンが変わった。どこか甘えるような声音に、パヴリーンは思わず眉をしかめる。

『……聞くんじゃないぞ、パヴリーン』

同じ予感を抱いたのか、アスピスが低い声で制止をしてきた。

「いや、もう今から逃げるのは無理じゃないかな。私、一応は彼の先輩だし」

小さく呟《つぶや》くパヴリーンの声は、クニークルスには聞こえていなかったらしい。

「オレの代わりに、アケルでの仕事を引き受けてもらえませんか？　オレ、まだまだ新人なんでオレ個人への依頼もほとんどないし、全部事務所から割り振られた簡単な仕事しかやっていないんです。それで、今回アケルに住んでいる師匠の親戚から直接魔獣討伐の依頼が入って、調子に乗って立候補してしまったんですよね。そうしたら師匠が〝積極的でいい！〟ってオレを選んでしまって」

「選んでしまって、って自分から手を挙げたくせに……」

呆れるパヴリーンの前で、クニークルスは大きな身体を縮めた。

「もちろん、行ったら必ず霊銃狩りに遭遇するわけじゃないだろうけど、万が一襲われて
この大切な銃を壊されたら、と思うと不安で夜も眠れないんです！　でもパヴリーン、あ
なただったらそんな危険で卑劣な犯人にも遅れをとる事はないんじゃないかと思って」

クニークルスは腰の霊銃を指でそっと撫でている。

『断れ、パヴリーン。後輩クンの銃から聞いたが、襲撃犯は複数らしいぜ。たまたまアケ
ルに出張していた魔砲士の銃が言っていたそうだ』

低位の銃は契約者と話をすることはできないが、霊銃同士なら会話をすることが可能だ。

アスピスはクニークルスの神銃から銃《かれ》が耳にした噂《こと》を聞き出してくれたらしい。

「……いいよ、引き受けても」

『おい、パヴリーン！　俺の話を聞いていなかったのか⁉　そもそもお前はアケルに入国
しないほうがいいんだよ！』

「え……？」

入国しないほうがいい、とはどういう意味なのだろう。

だがそれを問う前に、クニークルスがパヴリーンの両手をがしっと握った。

「本当ですか⁉　良かった、やっぱりあなたに相談したのは正解でした」

クニークルスはほっと安堵《あんど》の息を吐き出している。

「別に、色々と気になることがあるだけだから」

「え、なんですか、気になることって」

パヴリーンは人差し指を立てる。

「どうして中位の霊銃しか持っていない魔砲士ばかり狙うのか。名簿を見ないでどうやって確認しているのか。そしてなぜ破壊するのか、どうしてアケルでのみなのか。それにいくら複数犯と言ったって、普通の人間が剣や槍《やり》、鉄鋼銃を使ったくらいでそう簡単に魔砲士を昏倒《こんとう》させられるとは思えない。全員とは言わないまでも、少なくとも魔砲士が関与している可能性は十分にあるでしょ？」

「なるほど……」

クニークルスは感心したように頷いている。

「……って、あれ？　なぜ犯人が複数だと思われたんですか？」

不思議そうに見つめられ、パヴリーンは慌てた。ついうっかり、アスピスから聞いた話をそのまま口にしてしまった。

「あー、いや、あの、そうだね、私が犯人だったら複数で襲うな、って思ったから。まぁ、私の銃は高位登録だから関係ないかもしれないんだけど」

「なるほど、さすがパヴリーン！　見事な推理です！」

クニークルスは顔を輝かせている。

喜ぶ顔になんとなく申し訳なさを感じながら、パヴリーンは咳《せき》ばらいをしてごまかした。

「あーあ、オレも高位の霊銃を別に持っていればこんなに不安にならなくて済んだのに。といってもオレはまだまだ、高位の銃を手に入れるどころか単独で聖霊遺跡にも入れないんですけどね」

銃同士から情報が漏れる可能性に今さらながら思い至り、アスピスが高位銃の登録をされていると思わず嘘をついた。

クニークルスがすっかり信じているのを確認し、話を続けていく。

「そんなことはどうでもいいから、肝心な情報をくれない？　それで、アケルでの仕事っていつからなの？　どんな内容？」

「あ、すみません。五日後です。さっきも言った師匠の親戚が牧場を経営していて、王水猪《おうすいしし》の群れが住み着いたからなんとかしてくれ、という依頼です。群れといっても十頭以下らしくて、所長が修行も兼ねて行って来いって」

「修行なら行けばいいじゃない。強くなりたくないの？」

「なりたいですけど、でも怖いんですって！」

クニークルスから話を聞いている間、アスピスはまったく言葉を発せず黙っている。

そのひそやかな怒りを感じ、怯《ひる》む気持ちがないと言ったら嘘になる。だが中位の魔銃アスピスを使うパヴリーンとしては、黙っていられなかったのだ。

「アケルまでの飛空艇の切符は前もって取っておいたんで、明日にでも事務所《ここ》のポストに入れておきますね」

「もう、仕方がないなぁ。わかったわよ」

「ありがとう、パヴリーン！　急なお願いなのに答えてくれて、ありがとうございます！　所長にはオレから言っておきます。……自分で立候補したくせに情けないヤツだって怒られるかもしれませんけど、師匠からもらった銃を盗まれるのも壊されるのも怖いんです。この銃は、オレの宝物ですから」

「……うん、わかるよ」

　クニークルスは心底安堵したのか、少年のように無邪気な笑顔で手を振りながら帰っていく。

　その背を見送りながら、パヴリーンは今さらながら言い知れない不安が押し寄せてくるのを感じていた。


　久しぶりの実家。

　玄関扉のドアノッカーを握ったまま、パヴリーンは腰の右側を見つめた。今、そこに銃《恋人》の姿はない。

　思わず溜め息をつきながら、気を取り直してドアノッカーを鳴らす。

　連続して四回。少し間を開けて今度は二回。

実家に帰ってくる時は、いつもこのやり方で自分の来訪を知らせる。

「……アスピスの馬鹿。私の気も知らないで」

——後輩クニークルスの仕事を請け負ってから三日。

パヴリーンは部屋の片づけ、ミルクの配達を一時休止する手続き、そして事務所をしばらく休みにする旨をシーニーの魔砲士協会に連絡、と忙しく動いていた。

その間、アスピスはなにも話してくれず、まるで普通の銃のように振舞っていた。

そんな態度を取られると、さすがのパヴリーンもむやみと強気に出られない。

必然的に、三日間まったく口を利かない、という事態に陥っている。

「……まぁ、どちらにしても今日は連れて来る気はなかったけど」

じっと扉を見つめると、しばらくしてパタパタと足音が聞こえてきた。そして玄関扉が勢いよく開き、中から葡萄色の髪を揺らしながら、パヴリーンよりもひと回り小柄な人物が飛び出してきた。

「お帰りなさい、パヴリーン！」

「ただいま、ママ」

——今日、パヴリーンがアスピスを置いて生まれ育った実家に来た理由。

それは薬師である母に〝色変え〟の薬を作ってもらうためだ。

そしてアスピスの言っていた『お前はアケルに入国しないほうがいい』という言葉の意味を確かめるためでもある。

その鍵は、結婚する時にアケルでひと騒動あったという両親が握っているはずだ。アケル人である両親が国を出てわざわざシーニーで暮らしている理由はそこにあるのだろうから、その話も詳しく聞いておきたかった。

「あら、今日はアスピス、お留守番なの？」

腰を指差す母に、パヴリーンは笑って肩を竦めてみせた。

「うん。連れてこようと思ったんだけど、重くなって抵抗されたから家でゆっくりしたいんじゃないかな」

母は小首を傾げている。

「アスピスがあなたから離れるなんて珍しいわね。あ、もしかしてパパがいないから？」

「うーん、そういうわけじゃないんだけどね。えぇっと、パパは今日も仕事？」

パヴリーンはさりげなく話を逸らす。

「そう、アヴローラ地区でお仕事。かなり朝早くから出かけたから、夕食には帰って来るんじゃないかしら」

左手の薬指に光る結婚指輪を右手の人差し指で撫でながら、母は優しく微笑んでいる。

「あー、そうなんだ」

パヴリーンはちら、と壁の時計を確認した。現在十五時半。

ヘルバリア家の夕食時間は二十時だから、父の帰宅までにはまだ時間がある。

「ごめんママ、今ちょっと忙しいんだ。だから今日は用事が済んだら帰るね、パパによろしく言っておいて」

「そうなの？　あなたたちはお仕事で顔を合わせるけど、ママは久しぶりなのに……。でも忙しいんじゃ仕方ないわね。ほらパヴリーン、とりあえず中に入って」

少し残念そうな顔をしているものの、母はパヴリーンの嘘を疑っている様子はない。パヴリーンは前を歩く母をそっと見つめた。

自分と同じ、葡萄色の髪。さらさらとした髪質で肩までの長さしかない自分と異なり、緩くうねったふわふわとした髪は腰まで長く伸びている。

年齢を重ねても若々しさを保っている母は、娘の目から見ても可愛らしい。

父はそんな母を溺愛していて、子供の前でもお構いなしに年中母へ甘ったるい愛の言葉を囁いている。

冷静沈着な仕事中の父しか知らない者からすると、信じられない姿だろうな、と少し可笑しく思う。

「……いいな、ママは」

「え？　なに？」

不思議そうにこちらを見つめる姿も愛らしく、パヴリーンは自分との違いに思わず苦笑を浮かべた。

「なんでもない。ラオインは？　元気にしてる？」

「いつもどおり元気よ。この前、彼女ができたって言っていたわ」

「え、彼女⁉　なんて生意気な。それであいつ、相変わらず学校では授業料免除なの？」

パヴリーンは話を逸らしながら、ソファーにどかりと座り込んだ。

「ええ。おまけに来年で卒業ですって」

「うわ、二年も早く卒業？　なんであいつだけ、あんなに優秀なんだろう」

現在十八歳の弟。目は母と同じ瑠璃色で髪は父と同じ玉蜀黍色。身長はとっくに追い抜かされ、頭脳でもずいぶんと差をつけられてしまったがまだまだ子供っぽく思える可愛い弟だ。

「あなただって優秀じゃないの。パパが言っていたわよ、〝パヴリーンほど優秀な魔砲士は見たことがない〟って」

母はミルクで煮だした甘い紅茶を出してくれて、ラム酒に漬けた干し葡萄をたっぷり練り込んだバターケーキを皿に盛ってくれた。

二つともパヴリーンの大好物だ。特にバターケーキなどの焼き菓子類は絶品で、パヴリーンは母が手作りしたもの以外を口にすることはほとんどない。

「それで、なにかあったの？　いつも帰ってくる時は事前に連絡をくれるのに」

自分の分の紅茶も用意した母は、パヴリーンの向かい側に座った。

「……うん、〝色変え〟の薬をママに作ってもらおうと思って」

「色変え？　別にいいけど、お仕事で使うの？」

「あー、うん、そうなんだけど、そうじゃないっていうか……」

ここにきて、パヴリーンに迷いが生じた。

〝霊銃狩り〟のことはいずれ父も知ることになるだろう。

いや、ひょっとしたらすでに知っているのかもしれない。だからそれはいいのだが、迷っているのは〝アケルに入国しようとしていることを告げるかどうか〟だ。

薬をなぜ必要としているか嘘をつくのは簡単だが、これまで聞いたことがなかった両親の馴《な》れ初めも聞いておきたい、という気持ちもある。

「それで、変装ではなくて色変えを使うということはわりと長い期間、色を変えておかなければならない感じなの？」

「あ、いや、えっと、なんで？」

母はすでに薬品棚から薬瓶をいくつか摑んでいた。

パヴリーンがくつろいでいる間に作ってくれるつもりなのだろう。

「私も以前色変えを使ったことがあるの。色変えは基本的に〝その人が持っている色〟を入れ換える薬なのね。だから私の場合は目と髪の色が入れ換わった。黒髪で黒い目の人だとどうなるのって話だけど、目と髪の色は厳密には同じでないの。だからさりげなく入れ換わる、という感じね。あなたは私とゼア……パパの子供で髪色は私の葡萄色とパパの玉蜀黍色が混じっているでしょう？　その場合は髪と髪、つまり葡萄色と玉蜀黍色を入れ換えることになるの。髪は目よりも薬の定着率が低いから〝色戻し〟を飲まなくても三日くらいで元に戻ってしまう。だから効き目を長くするように調合が必要かな、と思って」

その言葉を聞き、パヴリーンは覚悟を決めた。

「……うん、できるだけ長く効くようにして欲しい。アケルに、行かなきゃいけないから」

次の瞬間、母の手から薬瓶がすっと離れた。瓶はそのまま床に落下していく。パヴリーンは冷静に動き、床にぶつかる前に素早く薬瓶を拾いあげた。

「アケルに……？　どうして……？」

母の顔は蒼白《そうはく》になり、口元を押さえる手は小刻みに震えていた。

パヴリーンは薬瓶をテーブルに置き、立ち竦む母を真っ直ぐに見つめる。

「やっぱり、私がアケルに入国するのはあまりよくないことなのね。アスピスにも言われた。ねぇママ、教えて。それはアケル人のママとパパがシーニーで暮らしていることと、関係があるんでしょ？」

「……理由を話したら、アケルに行くのを中止してくれる？」

母の言葉に、パヴリーンはゆっくりと首を振った。

「ううん、中止はしない。絶対に行く。……パパから聞いていない？　霊銃狩りの話」

「霊銃狩り!?　なに、それ。そんな話は聞いていないわ……！」

母は慌てた様子で駆け寄り、パヴリーンの隣に座った。

「なんかね、今アケルで頻発しているらしいの。魔砲士が襲われて、霊銃を壊されるんだって。狙われるのが中位クラスの霊銃だけらしいから、パパは知らないのかもね」

「中位クラス……。じゃあ、ひとまずあの子たちは大丈夫ね。それにアスピスもお話ができるし、大丈夫でしょ？」

心配そうな母に、パヴリーンは正直に真実を告げた。

「あのね、確かにママが言うようにアスピスは話すことができるから、低ランクではないの。でも夢の中でしか会えないから、パパの持っている兄弟銃とは違う」

「……そうか、あの子たちは現実で人の姿になれるものね。じゃあアスピスは中位ランク、なの？」

パヴリーンは額を押さえながら頷く。

「私たちは相性ばっちりだから、弾丸の威力はすごいの。でも上位ランクとして登録をされると協会の仕事を優先にやらなきゃいけなくなる。個人事務所をかまえる以上それは困るから、アスピスと相談して登録する時の実技であえて弱めになってもらったのね。だから登録上は中位クラス。……でもこんなことになるなら、素直に上位にしておけばよかった」

さりげなく、〝母よりも自分のほうが相性がいい〟と主張してしまう自分が少し恥ずかしい。

「で、でも、それなら余計にアケルへ行かないほうがいいんじゃない？　シーニーでは事件が起きていないんでしょう？」

「今はまだ、ね」

母は溜め息をつきながら、静かに目を閉じた。そしてパヴリーンの手をそっと握る。

これから母は自分が知りたかったことを説明してくれるのだろう。

そう確信を持ったパヴリーンは、母の手を強く握り返した。


「私やあなたの葡萄色の髪。肌にさまざまな色があるシーニーではあまり目立たないけど、アケルではこの髪はとても珍しい色なの」

――パヴリーンが生まれたここシーニーという国は、髪や目の色の種類は少ないが肌の色が非常に多様で、鮮やかな肌の色を見れば一目でシーニー人とわかる。

先日会った後輩のクニークルスは橙色の肌だし、父の所属している事務所の所長は薄紫色、家族ぐるみでつき合いのある父の同僚は紅色の肌をしている。

「それだけならよかったんだけど、アケルの第五王女殿下も私と同じ髪色だったのね」

「へぇ、そうなんだ。でも、それとパパとママがアケルに入国できないこととなんの関係があるの？」

まさか、〝王族と同じ髪色を持つ庶民の存在が許せない〟などという理不尽な理由のせいなのだろうか。

「パパは地方都市の内乱を単独で収めた、という功績を買われて極東の蘇芳《すおう》国に留学中だった第五王女殿下との結婚が決まっていたの。でも王女殿下が蘇芳の将軍令息と恋仲になっていて、帰国を拒んでいた。それでたまたま同じ髪色だった私に、第五王女殿下を帰国させるまでの時間稼ぎとして身代わりになるよう命令がくだった、というわけ」

「身代わりって、どういうこと？」

「王女殿下の代わりに、王女殿下のふりをしてパパと結婚しろ、ってこと」

「ちょっと待ってよ。王女の身代わりで結婚？　そんなのすぐばれるに決まっているじゃない」

〝顔が瓜《うり》二つ〟というのならともかく〝髪の色が同じ〟というだけで身代わりなど務められるはずがない。

「ええ、そう。けれどパパはその時、色でしか人を識別できない状態だったの。聖霊遺跡で兄弟銃を見つけて、契約しようとした時に呪弾で反撃を喰《く》らって目にダメージを受けたから。それは一時的なものだったから、あとできちんと治ったんだけどね」

「……王女がパパとの結婚を嫌がっていたなら、それをパパに言えばいいだけの話だったんじゃないの？」

そこでなぜ、母を身代わりに立てたのかまったく意味がわからない。

「王家はどうしてもパパを取り込みたかったのでしょうね。でもパパの性格だと、そう言われたら辞退しそうじゃない？　きっとそれを避けたかったのだと思うの。それと第五王女殿下はその、蘇芳で純潔を失っていたらしくて。仮にパパが王女殿下の気が変わることを待ったとしても、殿下が婚姻前に純潔を失っていた口止めをしないといけなくなる」

「なるほどね。そこでパパに弱みを握られるのが嫌だったんだ。でも結婚式はどうしたの？　王族の結婚式なら貴族とかいっぱい来そうじゃない。その人たちはみんな、第五王女の顔を知っているでしょ？」

　母はこくりと頷いた。

「ええ。だから式には事情を知っている限られた列席者しかいなかったわ。パパは自分が平民だから、列席者が少なくてもこんなものだと思っていたみたいだけど」

　パヴリーンは不満そうに鼻を鳴らした。身代わりとはいえ、人生初の結婚式をそのような形で迎えた母が不憫《ふびん》でならない。いくら王族といっても、他人の人生を好き勝手する権利はないはずだ。

「新居として与えられたお屋敷の中も同じ。口の堅い使用人しかいなかった。もちろん、自由に外出もできない。結婚式が終わったあと、薬局へ荷物を取りに行きたいと申し出たけど自分で行くことは許されなかったわ」

「それって、ほぼ監禁じゃない。」

「そうね。だけど逆らえる雰囲気ではなかったの。私がもっと強ければ、と思わなくもなかったけど、相手が王家だとそういう問題ではないのよね」

　母は苦笑を浮かべていた。それはそうだろうと思う。王家の命令に、逆らえる人間がいるわけがない。

「でも、ざまあみろ、よね。結局パパは、見た目じゃなくてママの人柄に惚れた。身代わりってことは、はっきり言っちゃうと騙《だま》してたってことだけど、パパはそれでもママを愛したんだから」

パヴリーンは誇らしげに胸を張る。両親の絆が、こんなにも深いことがわかったのが本当に嬉《うれ》しい。

「それにしたって王家って最低。えらそうに、そんな命令をしてくるなんて信じられない！」

パヴリーンは思い切り顔をしかめた。髪色が同じだったというだけで、善良な国民を脅し身代わりで結婚させるなんて絶対に許せない。

「あれ、でもどうしてママだったんだろう。色変えを使えば、他の王族や貴族の令嬢でもよかったんじゃない？　むしろそのほうが秘密が守れていいと思うけど」

母は苦笑を浮かべながら首を振った。

「背格好、年齢、性別。目と髪の色が王女殿下と同じで、急にいなくなってもしばらくは騒がれない人物。すべてを兼ね備えていて、都合のいい存在が私だったんだと思う」

「あー、なるほど。確かに、髪と目の色が同じでも小さい子だと身代わりになれな……ええ⁉　急にいなくなっても、って⁉」

さらっと流しかけたが、今、母はとんでもないことを口にした。パヴリーンは思わず前のめりになる。

「……王族の身代わりよ？　口封じをして当然じゃない。もちろん、私は最初それに気づかず、役目が終われば元の生活に戻れると思ってた。でも王女殿下が戻ってきたから褒賞を与える、と言われて出向いた王宮で毒殺されかけたの」

「う、嘘……」

母は微笑みながら、いつもアスピスをぶら下げているパヴリーンの右太腿を指さした。

「その時、パパの銃だったアスピスが助けてくれた。だから私は無事だったの。本当はすぐにでも逃げたかったけど、アスピスを返さないといけないから屋敷に戻った。そこで第三王女殿下の信頼が厚いメイドが私の逃亡を手伝ってくれた」

「なんで第三王女の手下がママを助けたの」

「私を助けるように第三王女殿下に命令をされていたから。殿下は私を蘇芳に逃亡させたかったようなの。殿下は薬師の私にも使い道があると考えていて、なによりも助けておけば私に恩を売れるじゃない。実際、私は第三王女殿下のためならなんでもするつもりでいたわ。でも……」

母はふーっと息をつきながら、パヴリーンの右斜め後ろあたりに遠い目を向けた。それはちょうど、蘇芳国がある方向。

「でも、メイドの彼女は私を助けてくれた。第三王女殿下の手から逃れる術を指し示してくれた。なぜ助けてくれたのか本当のところはわからないけど、私は彼女を友達だと思うようになっていたから、彼女もそうだったのかも。ちょうどその頃、パパも身代わりの事実に気づいたの。それでパパは私を追いかけてきてくれて、結局合流したパパと一緒に港へ行って船でシーニーへ逃げた。シーニーを選んだのは偶然。他にもエリュトロンやブルトカール行きの船もあったんだけど、シーニー行きが一番近くに停泊していたから」

「そういうこと、だったんだ……」

そこでパヴリーンはようやく理解した。なぜアケルに入国することを、母もアスピスも反対しているのか、を。

「ねぇ、王家に逆らって逃亡したんだから心配する気持ちもわかるけど、もう二十年以上も前の話でしょ？　そこまで警戒する必要ある？」

「ええ。王家《あちら》も過去の汚点を表に出したくないだろうから、わざわざ事を大きくしてこないとは思うの。当時だって、その気になったらシーニーにでもなんでも追手を放てばいいだけなのに彼らはなにもしてこなかった。でも、見つかったらどうなるかわからないわ。為政者の気まぐれは、一般人には理解しがたいものだから。……でも」

母は葡萄色の髪を揺らし、すっと立ち上がった。

「パヴリーン、あなたは彼に、パパにそっくりだわ。彼は私を守るために、二度と祖国の地を踏めないかもしれないのにともに遠いシーニーへ来てくれた。……あなたも大切な人を守りたいのよね？　うん、わかった。色変えの薬は完璧に仕上げてあげる」

パヴリーンは飛び上がって母に抱き着く。

「ママ、ありがとう！　あ、それであの、パパには……」

「もちろん話す。彼に隠しごとはしないって決めているもの。それで、出発はいつ？」

「……だよね。出発は、明日の朝」

——やはり黙っていてはくれないのか、とパヴリーンは肩を落とす。

それでも母を責めることはできない。自分だって愛するアスピスに隠しごとなど、できればしたくないからだ。

「そう、わかった。それなら、明日の夕食の時にでも話しておくわね」

「え、明日の夕食の時？」

パヴリーンは目を瞬かせた。その時間には、すでにアケルに入国しているはずだ。

「ええ、夕食の時。お互い朝もお昼も忙しいから、仕方がないわ。パヴリーン、薬ができあがるまで一時間くらいかかるから、その間にキッチンでお野菜の皮を剝いておいてくれる？　薬ができたら、すぐに帰りなさいね」

母は澄ました顔で言いながら、テーブルの薬瓶をつかみ調合室に消えていく。

「……本当にありがとう、ママ」

そう小さく呟きながら、パヴリーンはすっかり冷めてしまった甘い紅茶を一気に飲み干しキッチンへと向かう。

「野菜の皮剝きも久しぶりだな。夕飯はなんだろう、火焔菜《ビーツ》のスープかな」

母の料理はなにを食べても美味しいが、スープ類は特に美味しく、いつもあっという間になくなる。

キッチンを覗《のぞ》き込むと、調理台にはジャガイモと玉ねぎ、それに人参と解凍中と思しき丸鶏が置いてあった。

「あ、今日はミルクシチューだ。いいなぁ、ママのミルクシチュー大好き。ご飯食べて帰りたいけど、今パパに会うのはちょっと困るんだよね。あーあ、パパったら絶対に寄り道しないからなぁ……。なにがあっても家に帰って来ちゃう人だから」

父は泊まりの仕事を一切請け負わない。

シーニーの国土の広さは世界の中でも三本の指に入る。にもかかわらずどれだけ遠方に行っても、仕事を終えたらすぐさま帰路につくのだ。

「ねぇ、ママ！　パパ、ほんの少し遅くなったりしないかな」

パヴリーンはキッチンから顔を出し、扉越しに調合室にいる母に声をかける。

「それはないと思うわ。むしろ今日は特に早く帰って来るんじゃないかしら。明日はお墓に行く日だから」

ちょうど手が離せない工程なのだろう、母も扉越しに返事をしてきた。

「そっか、明日はおじいちゃんの月命日だったね」

――飛空艇の操縦士だったという父の父、パヴリーンの祖父は両親が出会うよりも前に、飛空艇の墜落事故で亡くなっている。

状況的に生存が絶望的、ということで行方不明ではなく職務中の事故死とされたようだが、その体は長らく見つかっていなかった。

父は仕事の合間にずっと捜索を続けていたらしい。

その遺骨が二年前、森林開発がきっかけで見つかった。操縦士の制服に名札がついていたことから、無事に本人だと確定した。

祖父の墓は海辺にあるシーニーの国営墓地にある。父は遺骨が発見された日を月命日として、その日は仕事をいれず必ず花を供えに行っている。

「でもアヴローラ地区で仕事なら、今日は泊まって帰りにお花供えに行ったほうが効率もいいと思うんだけどね」

「そうなの。私もそのほうが身体も疲れなくていいと思って、パパに今あなたが言ったのと同じことを提案したのよ。でも、パパが言うことを聞いてくれなくて」

父の泊まり嫌いはパヴリーンが生まれた時からずっと変わらない。

子育てを母一人にまかせるわけにはいかない、というもっともらしい理由を言っていたようだが、今はもうパヴリーンも弟ラオインも両親がいないと困る、という年齢でもない。

母が泊まりの仕事を受けても構わない、と言っているのだ。だからパヴリーンも何度か泊まりがけの共同任務に父を誘ったことがある。

だが何度誘ってもすげなく断られることが続いて以来、もう声をかけなくなった。

「可愛い娘が〝手料理を作ってあげるから泊まりのお仕事を一緒にしようよ〟って誘ってもまったく釣られないのがパパだよね。せっかくママから色々お料理を教えてもらったのに、食べてくれる人がいないから作る機会がぜんぜんない」

キッチンに戻り、ぶつぶつと独り言を呟きながらパヴリーンはジャガイモと包丁を手に取る。

その時、パヴリーンは気づいていなかった。

母が「アスピスを守りたいのね」ではなく「大切な人を守りたいのね」と口にしたことに。


アケル行きの飛空艇の中。

パヴリーンは広々とした席にゆったりと足を伸ばし、両の目を閉じていた。

このほぼ個室状態のスペースは、銃や剣を持ち込む魔砲士や護衛官などが一般客から離れて座るための専用席で、通常飛空艇の中に四席から最大八席まで用意されている。

「ねぇアスピス。もう飛空艇《ここ》まで来ちゃったんだからいつまでも怒らないでよ。ママにはちゃんと説明したし、理解してくれたんだから」

黒色の背広を着た男は、不貞腐れた顔でそっぽを向いている。

彼が銃の状態で話しかけても埒《らち》が明かない、と専用席に座ってすぐ眠りに落ち、アスピスを己の夢に引きずり込んだのだ。

「……ママだけな。パパには話していないだろ」

――ようやく口を利いてくれた。

瞬時に湧き上がる喜びを顔に出さないよう注意しながら、パヴリーンはアスピスの膝にまたがり黒いシャツの胸元にぎゅっとしがみつく。

「今夜には伝わるわ。ママがそう言っていたから」

「ったく、ウィーティスはお前を甘やかしすぎだな。いいのか？　こんなワガママ娘に育てて」

アスピスの長い指が、パヴリーンの今はほとんど玉蜀黍色に変化している髪をさらりと掬《すく》う。

「……ママの名前を呼び捨てしたこと、パパに言いつけるよ」

パヴリーンは低い声でアスピスを脅す。

「やめろ。それに俺はウィ……お前のママのことはそういうんじゃないって何度も言っているだろ？」

「アスピスはね、圧倒的に言葉が足りないの！　アケルに行っちゃ駄目だっていうのもきちんと説明してくれずにただ怒るから、私だって意地になっちゃったんじゃない。……まぁ、ママからこれまでの事情を聞いたからアスピスが反対する気持ちもわかったけど」

「……悪かったよ。言い訳になるが、どう説明すればいいのかわからない部分もあったからな」

アスピスはいまだこちらを見ようとしないものの、パヴリーンの腰に両手を回して抱き寄せてくれた。

パヴリーンは胸にもたれかかりながら、赤銅色のネクタイを軽く引っ張る。

「聞いてよ。ママがね、パパと私が似てるって言うの。あ、顔の問題じゃなくてね？　私も、自分で似てるかなって思った」

「……たとえば？」

「うん。パパはママに危険が迫っていたら、どんなことでもするでしょ？　私だって同じ。霊銃狩りが、今はまだアケル国内でしか起きていないとはいえ、今後もそうだとは限らない。霊銃を狙って壊す目的がわからない以上、シーニーにいれば安全だという保証もない。それに中位ランクの霊銃が狙われていると知ったらもう、いても立ってもられないもの」

上目づかいで見上げると、青い目がこちらを静かに見下ろしている。揺れる二つの青。しばらく見つめ合ううちに、アスピスは溜め息をつきながらパヴリーンの唇にそっと口づけてきた。

「ん、駄目、したくなっちゃうから」

パヴリーンは顔を逸らしながら、わずかに腰を揺らす。もちろん、いくら夢の中とはいえさすがに飛空艇の座席でことに及ぶつもりはない。

「……夜まで我慢しろ。確かに、こんな風に強引なところはパパにそっくりだな。けど、もっと似ているのは俺やママの不安をわかってくれないところか」

「……？　どういう意味？」

アスピスと母の不安。それが自分と父と、どう繋がるのかわからない。

「お前もゼアも、大切な存在を守るためには目の色を変える。そこがどれだけ危険な場所でも涼しい顔で向かう。でも考えたことがあるか？　〝自分のため〟に、大切な存在が危険な場所に飛び込んでいくことが、どれほど恐ろしいことか」

パヴリーンは眉根を寄せた。

「それのなにがいけないの？　多少危ない目にあおうがなんだろうが、それで大切な人を守れるのよ？　当然じゃないの」

アスピスはパヴリーンの腰をするりと撫でた。

「……お前はもちろんわかっているだろうが、近場の仕事だから簡単、安全ってわけじゃない。だからウィーティスはできるだけ危険を避けて欲しくて、遠出でも比較的危険の少ない仕事を受けて欲しいと思っている。でもゼアは言うことをきかない」

「それはだって、パパはママの側にいたいから……」

パヴリーンは小さな声で呟きながら、腰に回された手に己の手を重ねた。

いつものように、アスピスが母の名前を口にしたことを咎めるような真似はしない。

彼が今、両親を元契約者として、そして魔銃としての立場から話をしていることがわかったからだ。

「つまるところ、それは自分のためってことだろ。ウィーティスを側で守りたいっていう大義名分を掲げたゼアの独善だよ。ウィーティスだってずっと、ゼアを守りたいと思っている。……俺だってそうだ」

——優しく、だが力強く握り返される手。

父の所在を訊いた時。朝早く仕事に行ったことを話しながら、母は結婚指輪をずっと弄っていた。あれは、母が不安を感じている時のくせだ。

父は腕の良い魔砲士だが年は五十を超えている。仕事を失敗したことは一度もないが、年を重ねても衰えることのない端正な顔に傷をつけて帰って来ることは増えた。

それを、母がひそかに気に病んでいることは知っている。

知っているのに、〝そもそも魔砲士は危険な仕事なんだから〟と傷の一つや二つは当たり前だと思っていた。

「……ごめん。私もパパも、ちょっと傲慢だよね」

「まぁ、俺はまだお前と一緒にいられるからいいけどな。でも、今度また同じようなことがあったら俺の意見も聞いてくれ。きちんと話し合って、お互いの意見をすり合わせてからことを進めたいんだよ。それならなにかあっても、後悔はない」

パヴリーンは大きく頷いた。

「うん、わかった。約束する」

「いい子だな、パヴリーン」

「じゃあ、いい子にご褒美をくれる？」

「まったく、お前は褒めるとこうやってすぐ調子にのる」

アスピスは滅多に見せない柔らかな笑みを浮かべながら、パヴリーンを強く抱き締めてくれた。

飛空艇に乗って四時間後。

無事にアケルへ到着したパヴリーンは、宿の手配を済ませるとさっそくアケルの魔砲士協会へ向かった。協会には魔砲士の登録書があり、それには氏名と所属事務所、そして所有している霊銃の名前が書いてある。

名前が書いてあるだけで銃のランクはわからないが、所有銃の欄が取り消し線で抹消されている人物が襲われた魔砲士ということだ。

「こんにちはー。登録番号はS―0210PH。魔砲士の登録名簿を閲覧したいんだけど、持って来てもらえますー？」

「はい、少々お待ちください」

協会内には魔砲士ではない一般人も入ることができる。用心のため、あえて名前を口にせず番号だけを告げた。

「……なんだか、シーニーの協会に比べると地味な感じ」

アケル国内の魔砲士協会内をうろついているのは、当然だがアケル人が多い。

金髪や赤系の髪色の者もちらほらいるが、基本的には薄茶色や焦茶色《こげちゃ》、金茶などの茶色系の髪が大半を占めている。

これがシーニーだと鮮やかな髪色に加え、肌色までさまざまな人々がうろついていて、殺風景な協会内が非常に華やかな空間に見えるのだ。

「どうしたんだろう。遅いなぁ、受付の人」

——霊銃が発見された聖霊遺跡の内部地図などは同業の保証人を立て、なおかついくつもの申請書を書いてやっと閲覧できるほど秘匿性が高いのだが、魔砲士の登録名簿は同じ魔砲士であれば受付担当者に言うだけで簡単に閲覧できる。

単独活動をしている魔砲士が応援を必要とした場合、霊銃の所持数がスカウトの基準になったりするからだ。

ただ奥にある登録名簿を持って来るだけなのに、十五分以上経った今も受付の女性は戻ってこない。

パヴリーンが受付に肘を置きながら文句を言っていると、アスピスの宥めるような声が聞こえた。

『そう言うな。ほら、来たぞ』

奥に目を向けると、受付の女性が困ったような顔をしながら小走りに近づいてくる。

「あ、本当だ。もう、こんなに待たせるくらいなら最初から時間かかります、くらい言ってくれてもいいと思うけど」

「申し訳ございません。大変お待たせいたしました」

受付の女性は深々と頭を下げた。その手に、頼んでいた名簿は見当たらない。

「あれ？　名簿はどうしました？」

『……はぁ、なんだか嫌な予感がするな』

アスピスの言葉どおり、女性は気の毒そうな顔でゆっくりと首を振った。

「名簿をお見せすることはできません。当分の間、魔砲士の名簿には閲覧制限をかけることが決まりました」

「えー⁉　なんで⁉」

パヴリーンは思わず、受付の女性に向かって身をのり出した。

「いえ、上からの通達ですので、私からはなんとも申し上げられなくて……」

受付の女性は身を小さくして恐縮している。彼女が悪いわけではないのはよくわかっている。これ以上、無理を言うことはできない。

「これは一歩遅かった、ということなのかしら。あー、困ったなぁ……」

パヴリーンはがっくりと肩を落とした。

『……霊銃狩りの件、協会も対策に本腰をいれることにしたみたいだな。どうする、パヴリーン』

「こうなったら、魔砲士事務所を当たって話を訊くしかなさそうね」

溜め息をつきながら踵《きびす》を返したパヴリーンの目に、左右の腰に霊銃を二丁下げた中年の女性魔砲士が映った。短く切った髪は黒に近い焦茶で、糸のように細い目は濃い緑色をしている。霊銃の銃把部分は普通つるりとしていることが多いが、彼女が下げている霊銃の銃把には細かい紋様が刻まれていた。人間でいうところの、刺青《タトゥー》のような感覚だろうか。

その時、女性魔砲士の視線がパヴリーンに向けられた。

「こんにちは」

――少し見つめすぎたかもしれない。

内心で気まずい思いを抱えながら、パヴリーンは笑顔で手を差し出した。数少ない同性の仲間だ。仲良くしておくにこしたことはない。

「どうも。ウルラ・ソリトゥスよ」

「私はパヴリーン。パヴリーン・ヘルバリア。よろしく、ウルラ」

「パヴリーンね。そうだ、良かったら食事でもどう？　ちょっと歩いたところに〝銀鴉《ぎんがらす》亭〟っていう美味しいお店があるの」

「あー……、うん。そうね」

いきなり食事に誘われたことに、パヴリーンは少しだけ戸惑う。その戸惑いに気づいたのか、ウルラは受付に視線を向けた。

「名簿を閲覧したいってことは、気になっているんでしょ？　……霊銃狩りのこと。私も気になっているの。だから少し話さない？」

パヴリーンはウルラを見つめた。目尻に刻まれた皺《しわ》は深く、口元には穏やかな笑みが浮かんでいる。

父よりわずかな年上に見えるが、しっかりと鍛えられた身体つきだ。霊銃狩りの件がなくとも、魔砲士の後輩として話を聞いてみたい相手だと思う。

　だが勝手な行動をしないとアスピスと約束をした。

『……情報を得に来たんだから、飯を食うぐらいは問題ないだろ。ちなみにその女の銃は二丁とも愛想が良くない。こっちは慣れない自己紹介ってやつをしてやったのに、うんともすんとも言いやしねぇ。言葉が理解できないのかもしれないが、俺と話したくないってことかもな。こう見えて他銃《たにん》から嫌われることはほとんどなかったんだが』

　アスピスの珍しくへこんだ声に、思わず吹き出しそうになる。

「ありがとう。ぜひ」

　笑い出したいのを懸命にこらえながら、パヴリーンはウルラに向かってゆっくりと頷いた。


　昼時にもかかわらず、銀鴉亭へは待ち時間なしで入ることができた。

「うわ、すごく混んでる。ちょうど席が空いていて良かった」

　一つだけ空いていた二人掛けのソファー席に座りながら、パヴリーンは周囲を見渡した。

　常連だというウルラは何人かの客に声をかけたり、逆に声をかけられたりしている。

「ううん、運が良かったわけじゃないの。ここに限らず、それなりの飲食店は必ず席を一、二席空けておいてくれるのよ。ほら、飛空艇の専用席みたいなもの」

「え、そうなんですか⁉」

「そうなの。あ、ちょっと待って。敬語は使わないでくれる？　好きじゃないの、なんだか年寄り扱いされているみたいで」

ウルラは肩を竦めながら、メニュー表を手渡してくれた。

「わかった、ありがとう。私、アケル料理はほとんど食べたことがないんだけど、おすすめはなに？」

ここで押し問答をするのも面倒で、パヴリーンはあっさりと敬語を使うのをやめた。

「ここの料理はなにを食べても美味しいからね。食事は〝本日のおすすめ〟を適当に持ってきてもらう感じでいい？」

「ええ、それで大丈夫。……それで、霊銃狩りのことなんだけど」

雑談をしたくないわけではないが、それは当初の目的を果たしてからにしたい。

「あぁ、ごめんね。その話をするために誘ったんだった。実はわたし、一週間前に巷《ちまた》を騒がせている霊銃狩りに襲われたの」

「え、本当に⁉　それで銃は壊されたの？　襲われた時に、犯人の顔は見た？」

パヴリーンはテーブルに手をつき前のめりになる。まさかいきなり事件の被害者に会えるとは、思ってもいなかった。

「……それが残念なことにね、犯人の顔は見えなかったんだ。でも大柄な男だと思う。油断をしていたのかな、身近に被害者がいないのもあって正直どこか他人事だったから。わたしは事務所に所属していないけど、こうなってみると、単独活動の限界を感じるよね」

「大柄な、男……」

パヴリーンはそっと腰に手を触れる。

『襲われたのは一週間前だったか？　それはどこで、何時くらいに。それから相手は何人だったか。まずはそこを訊いておいたほうがいい』

アスピスの言葉に、パヴリーンは小さく頷いた。

「ねぇウルラ。一週間前、何時くらいにどこで襲われたの？　相手は複数？　一人？」

ウルラは記憶を思い出すように、腕組みをしながら目を閉じた。

「正確な時間はよく覚えていないけど、夕方すぎだったかな、場所は王都霊園。仕事のあと、親戚のお墓参りに行った帰り道。襲ってきたのは一人だったよ」

パヴリーンは低く唸った。アスピスがクニークルスの霊銃から聞いた〝複数犯〟とは話が違う。

もしかして、相手を見て襲いかかる人数を変えているのだろうか。

だがウルラはベテラン魔砲士だ。店に入ってからの雰囲気を見ると、個人活動が主とはいえウルラの存在はこのあたりの人々に広く知られている。

彼女のことを知らずに襲ってきたとは思えない。

となると、むしろウルラにこそ複数で襲いかかるべきなのではないだろうか。

『……女だから単独でも大丈夫だと思っていたのかもしれないな。ひとまず複数犯説はまだこのウルラって女には言わないほうがいい。自分が女で侮られていた可能性を知ったら、プライドを傷つけるかもしれないだろ』

その意見には賛成だ。

しかも、まだウルラにしか話を訊いていない。もっと情報を集めておく必要がある。

そのためには、なにをどう話せばいいだろうか。パヴリーンは目まぐるしく頭を回転させながら、コップを手に取り水を一口口に含んだ。

「ところでパヴリーン。あなた恋人はいる？」

思わず吹き出しそうになった水を、なんとかギリギリで飲み込む。

「え？　あの、なんでそんなこと訊くの……？」

ウルラはパヴリーンのグラスにワインを注ぎながら、少し困ったような顔で笑った。

「この年なものだから、後輩の若い魔砲士たちに誰かいい子がいないかってよく訊かれるの。いい加減うんざりなんだけど、力になってやりたい気もあって。……でもごめん。こういうの、嫌な質問だったね」

「いや、それは大丈夫。どっちにしても私には恋人がいるから、お役に立てないかな」

そう言いながら、さりげなく腰のアスピスに触れる。

「まぁ、そうよね。あなたは若くてとっても可愛いし、恋人がいないわけないか」

自分のグラスに注ぐワインをじっと見つめながら、ウルラは肩を竦めている。

「ねぇ、ウルラはその、いるの？　恋人」

訊かれたから、というわけではないが、第一線でバリバリ仕事をしている女性魔砲士の恋愛事情は素直に気になる。

「うーん、今はいないかな」

「へぇ、アケルの男って見る目がないんだね。ウルラはこんなに素敵なのに」

「あはは、ありがとう」

ウルラはグラスを持ち上げ、ワインを一気に飲み干した。

「……素敵かどうかはわからないね、略奪されちゃったから。相思相愛だったのに、横から出てきた女の子にかっさらわれたの」

「うわ、その子最低」

『……男のほうが最低だと思うけどな』

アスピスの呆れたような声。パヴリーンは銃把の部分を指先でぴんと弾き、〝黙っていて〟と合図する。

「その二人、今はどうなったの？」

「……一緒にいるみたいだね。彼の意志かどうかはわからないけど」

どこか乾いた笑みを浮かべながら、ウルラは視線を落としぼんやりと一点を見つめていた。ウルラは初対面のパヴリーンにも優しい良い人なのに、きっとそういう優しさが略奪女につけ入る隙を与えたのかもしれない。

「元カレは魔砲士？　なんて名前？」

『お前がそれを聞いてどうすんだよ』

アスピスの突っ込みを無視しながら、ウルラの空いたグラスにワインを注ぐ。

「もし浮気男の名前を聞くことがあったら、仕返しとかしてやろうかなって」

「ちょっとやめてよ！　彼は浮気男じゃなくて、押しに弱かっただけなんだから」

――どう控えめに見ても浮気男だと思う。けれどさすがに、それを口にするのは憚《はばか》られた。

「おばさんの恋愛事情なんてどうでもいいでしょ。それで、パヴリーン忘れないうちに訊いておくけど持っている銃のランクは？」

「え、ランク？　えっと、低ランクだよ。パパから貰《もら》ったものなの」

正確には母だが、そこは嘘をついた。そして犯人がどこに潜んでいるかわからない以上、アスピスの情報を迂闊《うかつ》に口にすることも避けておきたい。

瞬時にそう考え、ぼんやりと濁した説明に留めておく。

「そう、パパの使っていた低ランクの銃を譲ってもらったんだね。あぁ、ランクを訊いた理由なんだけど、どうやら低位や高位の銃は狙われていないみたいなの。だからもしパヴリーンが中位の銃を持っているなら、それは協会の保管庫に預けておいたほうがいいよ、って言いたくて。私もそうしているから」

ウルラは腰に下げている銃をぽんぽん、と叩《たた》いた。

「うん、狙われている銃が中位に集中しているってことは聞いた。でも私の霊銃は低ランクだから大丈夫。他に霊銃も持っていないし、預ける必要はないかな」

仮に他の銃を持っていたとしても、預けるつもりは微塵もない。今、このアケルの地で信用できるのはアスピスだけだからだ。

このウルラはいい人だと思う。だがはじめて会った人物だ。心を許すのはまだ早い。

「え、低ランクの霊銃一丁だけでわざわざシーニーからアケルまで来たの？　霊銃狩りのことがそんなに気になる？」

「あ、ううん、そのためだけじゃないの。仕事で急遽《きゅうきょ》アケルに来ることが決まったから、直前に聞いた霊銃狩りが気になっちゃって」

ウルラは納得したように頷いている。

「そっか。その気持ちはわかる。仕事は単独？　内容によってはわたしも手伝えるけど」

「ありがとう、でも大丈夫。廃牧場に発生した王水猪の駆除だから。元々は新人の魔砲士がやる予定だった仕事なの。色々あって、それを私が代わりに引き受けたって感じ」

喋りながら、パヴリーンは運ばれてきた肉料理にナイフを入れた。肉切りナイフはまるで肉の中へ吸い込まれるように沈んでいく。

「わ、柔らかい！」

「ここのお肉はすごいでしょ？　でもそれだけじゃないんだよ、上にかかっている果実酢のソースが絶品なんだから。それに、香りも最高」

ウルラに促されるまま、皿に顔を近づけ甘酸っぱい香りを吸い込んだパヴリーンは歓声をあげた。

「わぁ、本当！　爽やかだけどすごく濃厚な香りね」

「そうそう。この香りが、たまらないのよね」

――友人になれるかもしれない同士と、はじめて食べる美味しい料理。

詳しい情報こそまだ手に入っていないが、パヴリーンは幸先の良いスタートに気を良くしていた。


「じゃあね、パヴリーン。この店にはしょっちゅう来るから、帰国の前に一度声をかけて」

「もちろん。今日は本当にありがとう」

食事のあとも話が弾み、なんだかんだと夕方近くまでお喋りをしてしまった。

いつもはアスピスとしか会話をしない生活を送っている。

それにまったく不満など持っていなかったが、こうして同性の友人と喋ると恋人からでは得られない弾けた元気をもらえる気がする。

「こちらこそ、急に声をかけたのにつき合ってくれてありがとう。あまり無茶をしないようにね。雑貨屋が並ぶ通りに美味しいスープを出すお店があるから、今度行ってみて」

「はーい」

ウルラと手を振り合って別れたあと、パヴリーンは鼻歌を歌いながら夕暮れの道を宿に向かって歩いた。

『ずいぶんと機嫌がいいな』

「ふふ、そうかも。ごめんね、アスピス。一人で退屈だったでしょ」

『気にするな。いや、本当に退屈じゃなかったんだが、なんとなく身体が重いというかいい気分でもなかったからな、途中で意識を沈めておいた』

「……やだ、大丈夫？　あ、ほら、泊まるところが見えてきたよ」

　アケルに入国してすぐ、いくつかの候補の中で港の近くにある小さな宿を拠点にすることを決めた。老夫婦が経営する小さな宿。

　空港に着いてすぐ、仲介業者に金を払い宿泊の手続きを頼んでおいた。おかげで突然宿に行っても満室で泊まれない、という心配はない。

「海が綺麗だね。将来、海辺で暮らすのもいいなぁ」

　もちろん、目的は観光ではないから景観を優先したわけではない。

　ここなら逃亡が必要な事態になった場合でも、他国行きの船に乗って逃げることができると判断したのだ。

「えぇっと、とりあえず明日は請け負った仕事を先に片づけなきゃ。ここからは少し遠いから、朝は少し早く出ないといけないな」

『あぁ、わかった。……パヴリーン、少しいいか？』

「え？　うん、なに？」

パヴリーンは首を傾げる。

『この前、アケルの仕事を押しつけてきた後輩クンの霊銃と話をしたって言っただろ？　あの時、あいつは〝自分たち低位の銃は絶対に狙われないと思う〟というようなことを言っていた。それを自分の主人に伝えて欲しいと言われたんだが、俺はそれを断ったんだ』

「断った？　なんで？」

低位の銃が狙われていないことはクニークルスも知っている。

そこで彼の霊銃が言う〝絶対〟という言葉を伝えておけば、彼もせっかくの仕事に怖気づく必要はなかったはずだ。

『確証がなかったからだよ。兎《ウサギ》の勝手な判断かもしれないからな』

「うーん、まぁ、確証がないことを下手に言って万が一のことがあったら責任とれないもんね。……って、〝ウサギ〟ってなに⁉」

普通に聞き流しかけたが、アスピスが次に発した言葉はパヴリーンを驚愕《きょうがく》させた。

『後輩クンの霊銃は元動物。斑《まだら》のウサギだっつってたぜ』

「も、元動物⁉　そんなことがあるの⁉」

『〝そんなこと〟もなにも、低位の銃はほとんど鳥獣や昆虫だよ。遙《はる》か昔に霊晶石の近くで死んだか、結晶化する時に偶然取り込まれたかなにかだろ。だから海底や湖底の遺跡で見つかる低位の聖霊武器はほとんど元魚類。哺乳類や鳥類とはそこそこ意思疎通ができるが、こいつらとは言葉がほぼ通じない。知能の差だろうから、鯨《クジラ》や海豚《イルカ》だと会話できるかもしれないが、今まで出会ったことはない』

「なるほど、そういうことなんだ……」

驚くと同時に、だから低位の霊銃は夢だろうがなんだろうが契約者と会話をすることが出来ないのか、と合点がいった。

『高位の銃、ゼアの持っている兄弟やお前が嫌いなあの姉妹は、純度の高い霊晶石が変化したものなんだよ。だから攻撃力も防御力も圧倒的に高いし、頭もいい。知ってのとおり、人の姿も取れる』

パヴリーンは胸の大きな美女銃姉妹を思い浮かべ、思い切り嫌な顔をした。叶うことなら、あの姉妹には二度と会いたくない。

「……それにしても、なんていうか私って〝イケてる魔砲士〟って思っていたのに、ぜんぜん霊銃のこと知らなかったんだね」

『霊銃のことなんて、訊かれない限りわざわざ自分で言うようなことでもないからな。俺《ら》だって、なにもかも知っているわけじゃない』

それはそうかもしれないが、なんとなく釈然としない思いがある。

「で、でも！　アスピスと私は恋人同士なんだから、もっと早く教えてくれたって良かったのに」

『だから今、教えただろ。十分早い段階で話していると思うぜ？　で、なにが言いたいかっていうと、要は油断するなってことだ』

ああ言えばこう言う。

思えば、アスピスに口喧嘩で勝った試しが一度もない。

「……いいわ。じゃあこっちで勝ってみせるから」

パヴリーンは唇を尖らせ挑戦的な眼差しを腰に向けながらお気に入りの服、母が生まれ育った国であるフェイツイリューの民族衣装風になっている上着のボタンを、指一本で器用に外してみせた。


パヴリーンは宿に入って早々に、シャワーを浴びてベッドに寝転がった。

疲れていたのか、あっという間に眠りの世界に落ちて行く。

やがて数分ほど経ったのち、〝目を覚ました〟パヴリーンはスーツの胸元に抱き込まれていた。

「今日は大人しく寝たほうがいいんじゃないのか？」

「やだ。なによ、飛空艇の中じゃ〝夜まで我慢しろ〟って言ったくせに」

「あー、確かに言ったな」

「ね？　ほら、今日はちゃんと服を着てるんだから、アスピスが脱がせて？」

甘えるパヴリーンは男ものの黒いシャツを羽織っている。その開けた襟元を摘まんでみせると、アスピスは呆れたように片眉をあげた。

「……仰せのままに。葡萄姫」

わざと慇懃《いんぎん》な物言いをするアスピスの鼻先を軽く噛《か》むと、仕返し、とばかりに尻をぱちんと叩かれた。

「もう、やめてったら。それで？　こんな子供っぽいお仕置きで興奮するとでも思ってる？」

「生意気を言うな。……あーあ、はじめて会った夢のあたりから育て直したいな。あの頃は素直で可愛かったのに」

溜め息とともに、シャツがするすると脱がされていく。アスピスは気づいているだろうか。このシャツが、彼の服を模していることに。

「こーんなに硬くしてるくせに、カッコつけないでよね」

「……うるせぇよ」

パヴリーンはシャツの下に下着の一枚も身に着けていない。両手足に塗られた、アスピスの目の色と同じ青いネイルカラーだけがパヴリーンの身体を彩っている。

「いつも思うことだけど、アスピスの服を全部脱がせられないのが残念だな」

「悪いな。モノだけで我慢してくれよ」

そう言うと、アスピスはいつものように上着を脱ぎ捨てネクタイを緩めた。シャツのボタンはパヴリーンが外し、引き締まった胸元を露わにする。

「いいわ。その代わり、いっぱい気持ち良くして」

「……いつもしてやってるだろ」

「んーん、足りないの」

「嘘つけ。毎回ぶっ飛んでるくせに」

——嘘ではない。

確かに快楽は十分すぎるほど与えられている。だから身体は満足している。時折、これ以上気持ち良くなりたくない、と思うこともあるくらいだ。

だが心は満たされていない。

どれだけ身体を重ねても、甘いキスを与えられても足りないものは足りないのだ。

ただ一言「愛してる」と言ってくれさえすればいいのに。

「じゃあ頑張るか。お姫さまのご要望に応えないとな」

アスピスはパヴリーンをベッドに押し倒し、太腿をつかみ両足を大きく開いた。

「が、頑張ってね」

本当は、この格好は死ぬほど恥ずかしい。これからされることにも、いまだに慣れていない。だが、それを伝えると子供扱いされそうでいつも精一杯虚勢を張っている。

「俺は疲れたりしないからな、朝までずっと舐《な》めてやろうか？」

低く掠れた、意地悪な声。

パヴリーンは背筋を強張らせた。このままだと好き放題されてしまう。そうなったら、快楽に溺れあらぬことを口走ってしまうかもしれない。

「っ⁉　そんなことされたらおかしくなっ……だ、だーめ、単純な動きで楽をしようとしないで、もっと工夫して楽しませてくれない？」

慌ててそう取り繕いながら、足の間で蠢く赤銅色の髪を両手でぎゅっと握り締めた。

第三章　過去の記憶

金色に輝く小麦畑。

その傍らに、若い女が立っている。髪に巻きつけられているのは金の刺繡《ししゅう》が施された純白の布。

その姿を見つめていると、胸が締めつけられるような思いに駆られた。

女性のさらに向こう側では、四、五人の人影が見える。女性と男性が約半々だろうか。

開けた場所に美しい布が広げられ、そこにテーブルと椅子が用意されていた。

不意に布を被った女がこちらを振り返った。

澄んだ緑色の目が、こちらを真っ直ぐに捉える。そのみずみずしい若葉の色を見ているだけで、全身が幸福感に満たされていく。

彼女の名前を呼ぼうと口を開いた。だが、名前が出て来ない。

どうしたらいいのかわからず、ただその場に立ち竦む。と、女が古風な綿のドレスを翻しながら、こちらに向かって駆け寄ってきた。

「思ったより早かったのね。こっちは畑の視察はもう終わって、今はお茶の時間。ねぇ、

見えるかしら。向こうにね、綺麗な水色の羽根をした鸚鵡《オウム》がいるの。すごく痩せていて、切り分けた果物をあげたら気に入って帰らなくなっちゃったみたい」

「野生動物に餌付けをするのは感心しないな。それより悪かったよ、交代に手間取ったせいで少し遅くなった。本当はもっと早く来るつもりだったんだが」

女は一度振り返り、遠くにいる男女の様子をうかがった。彼らはこちらに気づいている様子はない。

「座って。みんな鸚鵡に夢中だから、少しの間ならバレないわ」

女は悪戯っぽい笑みを浮かべながら、小麦の間にしゃがみこんだ。

促されるまま自分もしゃがみ、若葉の瞳の女に向かっておそるおそる指を伸ばした。

そして滑らかな頬を撫でる。女ははにかんだように笑いながら、指をそっと握り返してきた。


——これはなんなのだろう。過去の記憶なのだろうか。


ゆるやかな風が吹き、小麦とともに純白の布を揺らす。鼻先に香る甘い香り。この香りには覚えがあった。

「ねぇ、今夜はゆっくりできそう？」

「あぁ、もちろん。……一応言っておくが、今夜だけじゃないからな？」

「え、本当⁉　もう少し長く一緒にいられるの？」

「明後日までだけどな。少なくとも明日の昼まではベッドから出すつもりはないから、覚悟しておけよ？」

そう甘く囁きながら、恋人の胸元を指でなぞる。

――恋人。そう、彼女は恋人だ。存在だけは認識していた、大切な存在。

「嬉しい！　ここのところ忙しくて一日以上一緒にいられることはなかったもの。夢みたいだわ」

胸をなぞる指には性的なものを含ませたというのに、恋人は無邪気な喜びを全面に出しながら胸に飛び込んでくる。

反射的に抱き締めると、恋人は腕の中で嬉しそうに笑った。

「愛してるよ。なにがあってもお前のことは絶対に、俺が守るから」

「私も愛しているわ。なぁに、どうしたの、急に」

「別に？　いいだろ、愛してるから愛してると言っただけだ」

「ふふ、変なの」

――耳をくすぐる、可愛らしい声。

この幸せなひと時が永遠に続けばいいのに、と願わずにいられない。

「あ、大変。呼ばれちゃったわ」

甘い雰囲気の中、慌てたような顔で女が立ち上がった。

遠くから、誰かを探すどこか苛立ちを含んだ声が聞こえる。

「いやだ、大変。怒られちゃう」

「……俺がとりなすよ。心配するな」

女を宥めるように、布越しに髪を優しく撫でてやる。

「ありがとう。……エリキウス」

「あぁ、――」

恋人の名前を呼ぼうにも、名前が口から出て来ない。なぜ、肝心な部分がわからないのだ、と腹立たしい気持ちになる。

過去の記憶を夢に見る時は、アスピスは人間だった頃の自分、つまり〝エリキウス〟の頃の記憶が蘇り、その目を通して過去の光景を見ているだけに過ぎない。

だから言葉も行動も思い通りにはならず、わからないことも数多くある。

けれど、これだけはわかっていた。

この幸せが、そう長くは続かないことを。

＊＊＊＊＊＊＊

パヴリーンは汗ばんだ足を上半身裸になっている男の背に絡みつかせた。

「あん、んん……ッ」

「締めつけ過ぎんなよ、パヴィ。すぐ出したら困るのはお前だろ？」

「ん、だって、気持ちいいの、止まらないんだもの……！」

身体の中心に愛する男を受け入れ、激しく揺さぶられながらパヴリーンは霞《かす》む目でベッドに散らばる黒い上着と青色のシャツを見つめた。

ここにきて〝精神世界での肉体を構成する要素〟であるアスピスの衣服が、上半身だけ脱げるようになったのだ。

精神が混じりすぎている、とアスピスはどこか渋い顔をしていたが、互いの精神がより深く繋がったのが目に見えてわかりパヴリーンは嬉しかった。

「……肩の、刺青、すごく素敵ね」

服を脱がせてはじめて、彼の肩に茨《イバラ》のような刺青があることを知った。

アスピスのことをまた一つ知ることができた、と嬉しく思いながら、刺青にそっと舌を這わせる。

「そうか？　まさかこんな刺青《もの》があったとは、俺も知らなかったよ。まぁ、生前の俺が彫ったものなんだろうが、お前が気に入ったならよかった」

「ん、好き……。刺青だけじゃなくて、アスピスの、全部が好き」

ちゅ、と音を立てて刺青を吸うと、体内を穿《うが》つ剛直の質量が増した。

「フフ、こんな風に、わかりやすいところも好きだよ」

「……うるさいな」

不貞腐れたような声とともに腰を突き上げられ、パヴリーンはあっという間に達した。

「あっあっ……んんぅ……ッ」

限界まで絞り取ってやろうと、腰を左右に振る。腹の中に幻の精が広がり、身体中が甘く痺《しび》れていく。

けれど、まだ足りない。

「ね、今度は後ろからして」

アスピスは苦笑を浮かべながら一度性器を引き抜き、パヴリーンの腰を抱き寄せ優しく唇を重ねてきた。

そのまま舌が差しこまれ、啄《ついば》むだけの口づけが次第に甘く深くなっていく。

荒い息づかいの中、互いの唾液を飲みこみ合い舌を絡め合い、ようやく唇が離れた頃にはパヴリーンの目は酸欠と幸福感ですっかりと潤んでいた。

「今日はここまでにしておいたほうがいい。とりあえず少し休めよ。もう四時間ぶっ通しだぜ？」

「やだ、休まない……もっとアスピスを感じていたいもん……」

なんてはしたないことを、と頭の片隅で思いつつ、恋人に背を向け背後から受け入れる姿勢をとった。

やがて小さな溜め息が聞こえたかと思うと、大きな手で尻を摑まれた。

そして一気に奥まで突き入れられる。

「ひあぁッ！　んぁ、あうぅ……ッ」

パヴリーンは甲高い悲鳴をあげながら、腰を淫らに振った。左右に動かすたびに、穿たれたものが膣壁を抉《えぐ》り狂おしい快楽を伝えてくる。

「ったく、お前は俺を誘惑するのが、上手だな……っ」

背中にパタパタと、汗が垂れて落ちる感覚。これも幻なのだろうが、獣のような交わりが嬉しくて仕方がない。

「大好き、アスピス、愛してる……！」

相変わらず、望む言葉は返ってこない。

それでも強く抱き締められ体温を感じているだけで、心が安らぐのは確かだった。

＊＊＊＊＊＊

アケル王国に来て一週間。

アスピスは腐毒の弾を放ちながら、どこか水の中に沈んだような感覚と懸命に戦っていた。

当初の仕事であった牧場に発生した王水猪の討伐は早々に終わらせている。

元より、新人魔砲士に任せられる程度の仕事だったのだ。パヴリーンは三十分もかからないうちに強酸の血液を持つ猪を全滅させた。

だが目的であった〝魔砲士狩り〟の調査を本格的に始めるためには、滞在費用が必要になる。だからこうして単発の仕事を複数請け負い、一日に平均三件の依頼をこなしているのだ。

「ねぇねぇ、見たー？　私、風墓鰐《ふうぼワニ》なんてはじめて見た」

――風墓鰐。

非常に獰猛で牙と鱗に強力な神経毒を持ち、長い尾を振った時に発生する風を浴びただけで死に至ると言われている強力な魔獣。

寒冷国シーニーには生息していない恐るべき生物に対しても、パヴリーンは実に楽しそうな顔で対処している。

『……あぁ、俺もはじめて見た』

はしゃぐパヴリーンになんとか合わせながら、アスピスはどうしたものかと思い悩む。

（俺は、どうしたらいい？）

異国で寂しいのかなんだかんだと不安なのか、それとも連続した仕事で気持ちが高ぶっているのか、パヴリーンは連日夜になるとアスピスに甘えてくる。

魔銃の姿になっていたとしても、アスピスも男であることに変わりはない。

恋人に可愛らしく迫ってこられると休ませてやりたい、という思いに反してつい抱いてしまう。

それだけなら構わない。愛する女と過ごすひと時はとても幸せな時間《もの》だからだ。

だが、本国《シーニー》で暮らしていた時以上の濃密な時間を過ごしているせいか、アケルに入国して以来、記憶が徐々に蘇り始めている。

先日にいたっては、明確な映像と音声のある夢を見た。

いつものようにパヴリーンと精神《からだ》を重ね、散々責め立ててぐったりとさせ、なんとか夢から目覚めさせたあと、自分は意識を沈め〝眠り〟の状態に入ろうとした。

するとその時、いきなり眩暈《めまい》にも似た感覚に襲われた。

頭がグラグラと揺れるような、久しぶりの感覚。それに面食らい、しばらくは意識の目を開けられなかった。

やがて気分が落ち着き、そろそろと意識を解放させたアスピスの目に飛び込んできたのは、黄金が波打つ小麦畑。そしてその傍らに佇《たたず》む可愛らしい女性。

若葉色の目の彼女。過去の自分にとって、もっとも〝大切な存在〟。

だがそんな彼女の名前や職業はわからなかった。けれど過去の自分のことは少しずつわかってきた。

可愛らしい声で呼ばれた名前は「エリキウス」。

恋人を撫でた時の自分の手。鱗状の金具付き手甲の右手には〝薊と狐《アザミキツネ》〟の紋章が刻まれていた。

アスピスは霊銃になって五百年以上経っている。

五百年前、ここアケルは今の『アケル王国』ではなく『キルシウム帝国』だった。

鱗状の手甲は、キルシウムの騎士団がつけていたもの。

忘れようと試みたものの、どうしてもあの愛らしい笑顔を忘れることができない。

だから起きてきたパヴリーンに思わず訊いてしまったのだ。


『……なぁ、パヴリーン』

「ん？　なに？」

『お前、歴史が得意だったよな』

「まぁね。……なに、いきなり」

過去を思い出したくないのは確かだ。

それなのに、〝彼女〟のことがどうしても気になる。

『いや、俺が人間だった時、アケルはまだキルシウム帝国だったんだよな、ってふと思っただけ』

自分のことはともかく、今はただ〝彼女〟のことが知りたい。

「そっか、アスピスは五百年以上前の人なんだよね。キルシウム帝国は三百年ほど続いたの。栄華を誇った帝国も終末期は衰退して革命が起きた。そのあとで今のアケル王国になったの。もう少しで歴代最長、と言われていたキルシウム帝国の統治期間を抜くんじゃないかな」

パヴリーンはすらすらと答えている。得意というだけあって、さすがに詳しい。

『……その、騎士団について、とかは？』

「キルシウム聖帝騎士団ね。アザミの花が刻まれた魚の鱗みたいな手甲をつけているのが特徴だけど、皇族付きはさらに護衛している皇族の紋章が刻まれた手甲をつけるの」

『皇族の、紋章……』

——夢の自分は、アザミに加え狐が刻まれた手甲をつけていた。

「そう。皇帝は鳩《ハト》、皇后は海豚《イルカ》、皇太子は蜻蛉《トンボ》、皇女は狐《キツネ》」

『皇女は、狐……？』

「うん。皇族の護衛は今みたいに身分とか身元のはっきりした人物じゃなくて、単に王族のお気に入りが就いていたから色々と問題があったのよね。キルシウムが滅ぶきっかけになった革命もそのお気に入りの護衛に誑かされた皇后が色々仕出かしたのが原因だと言われているし、燃え盛る城の中で命を落とした最後の皇女インウィディアも護衛と恋仲だったと言われているの」

『皇女インウィディア……』

「そう。皇女は生き残った侍女や近衛騎士たちを逃がして自分だけ城に残ったの。それで革命軍に殺された。発見された遺体は皇女のものだけで、護衛はいなかった。信じられないけど、護衛は恋仲だったはずの皇女を見捨てて逃げたのよ」

『逃げた？　どうして逃げたってわかるんだよ』

「それは手記が発見されたから。隣国のヘルブラオ皇国、今のロストブラオン王国ね、そこへただ一人生き残った侍女が辿《たど》り着いていたんだけど、彼女、グラーディアが手記を残していたの。インウィディアは気に入らない侍女を虐げていた〝悪逆皇女〟って記された歴史書もあるんだけど、実際は気高く城と運命をともにするような人物だったってことね」

『なるほど。うーん……』

アスピスは唸り声をあげた。

そんな高潔な精神を持っていたはずなのに、〝悪逆皇女〟という呼び名は一体どこから現れたのだろう。

『なんで、そんな真逆な印象を抱いたやつがいたんだろうな』

「歴史書は書いた人の主観が含まれたりするからね。皇女の日記が一部発見されているんだけど、侍女が恋人に横恋慕して困る、っていう記述があったのよ。侍女をちょっと注意しただけなのに、虐待だのなんだのと思った人がいたんじゃないかな」

その時、二つの感情が胸の中を荒れ狂った。

――凍てつく軽蔑。狂おしい恋情。

真逆ともいえる感情がなぜ、同時に湧きあがってきたのかよくわからない。

「アスピス？　どうかした？」

『……いや、なんでも、ない』

まるで、誰かに肩をつかまれ全身を揺さぶられているような感覚。

これは、一体なんなのだろう。

「そうそう、皇女インウィディアも葡萄色の髪だったらしいのね。あの恥ずかしい〝葡萄姫〟ってあだ名はそこからなの」

——葡萄姫。

葡萄色の髪の、皇女。

現代にも葡萄の髪色はほとんどいないことから、古代でも稀有《けう》な色だったに違いない。

だから〝彼女〟は、布で髪を隠していたのではないだろうか。

（〝俺〟の恋人は、皇女インウィディア……？）

『……っ⁉』

今度は存在しない頭を殴られたような気がした。

次いで湧き上がってきたのは、激しい怒り。燃えあがるような憎悪。

なぜ彼女のことを考えただけで、こんなにわけのわからない感情が蘇ってくるのだろう。

『くそ、俺は、俺の……』

「アスピス？　準備できたから行くよ？」

パヴリーンの声を聞いた途端、ざわついていた心が次第に鎮まっていくのがわかった。

『……あ、あぁ、うん』

返事をしながら、アスピスは己の胸の内を探る。

この先は、果たして思い出していい記憶なのだろうか。


アスピスは急いで意識を現在に戻した。

(……駄目だ、余計なことを考えるな。集中が途切れたら魔力弾の威力が落ちる)

恋人が滅びた王朝の皇女だったかもしれないことを思い出した時、次に頭をよぎったのはパヴリーンのことではなかった。

最初の契約者だったパヴリーンの父親、礼儀正しく心根も真っ直ぐな男ゼア・ヘルバリアと契約していた時ですら感じたことはなかった、〝守らなければ〟という強い使命感。

自分がそんな感情を他者に抱いたのは、彼女の母親がはじめてだった。

葡萄色の稀少《きしょう》な髪色をした、ウィーティス・ヘルバリア。

(いや、ないないない。ウィーティスが俺の恋人の生まれ変わりだったなんてことは、絶対にない)

彼女を助けたのは単に、一生懸命生きている女の子が理不尽な目にあうのが許せなかった、というだけだ。

〝記憶の恋人〟と同じ髪色だったからといって、いわゆる〝前世〟というものに結びつけて考えている自分が怖い。

そもそも今の恋人パヴリーンも、側頭部が玉蜀黍色ではあるものの全体的には葡萄色の髪を持っている。

「ねぇ、アスピス。まだあと一件くらい依頼を受けられそうなんだけど、どう思う？」

物思いに耽《ふけ》っていると、弾むようなパヴリーンの声が聞こえた。

『あ？　ま、まぁ、いいと思うが、どうだろうな、うん』

直前に考えていたことがあまりにも気まずくて、上手く受け答えができない。

「じゃあ、そうする。えーっと、一度協会事務所に戻って先に成功報酬を受け取ってこようかな。終わったあと、ちょっといい夕食が食べられるし」

『あー……、うん。そう、そうだな』

「大丈夫？　どうかしたの？」

『いや別に、どうもしない』

――彼女の母親のことを考えていたなんて、口が裂けても言えるはずがない。

その後ろめたさのせいで、まるで浮気が見つかった男のようにパヴリーンとまともに会話ができなくなっている。

記憶の中では呆れるほど連呼していた「愛してる」という言葉を、現在《いま》は一度も口にしたことがないからだろうか。

（なんで今さら……ったく、迷惑な話だぜ）

庇護欲と性愛はまったく違う。

〝欲しい〟と思うのはパヴリーンだけだし、仮に彼女の母親とパヴリーンが同時に危機的状況に陥っていたら今の自分が助けるのは確実にパヴリーンだ。

（……ただ、今の俺にはなにもできないんだけどな）

人化することのできない、自分にはなにもできない。

その事実をそう遠くないうちに改めて思い知ることになるとは、この時のアスピスはまだ知る由もなかった。

＊＊＊＊＊＊＊

パヴリーンは依頼料の入った袋を受け取り、中身を確認した。

「わ、金貨が二枚も入ってる。なに、風墓鰐の皮ってそんなに高く売れるの？」

魔獣や魔蟲を狩る依頼は、稀少な素材を欲しがる魔導装具の会社に雇われている採集士や捕獲士たちから来ることが多い。

彼らは素材が上質なものや稀少なものだった時には、素材の価値に合わせ追加で報酬を足してくれることが多々ある。

「予想以上にもらっちゃった。やっぱり今日はもう新規の依頼を受けるのをやめておく。その代わり、魔砲士の個人事務所に行って情報を集めたいんだよね。アケルにある個人事務所は三軒だって。もっと多いかと思っていたけど、無所属で単独行動をしている割合のほうが多いみたい」

『……あぁ、うん、そうだな』

またもや、気のない返事。

パヴリーンはひそかに溜め息をついた。ここのところ、アスピスはどこか変だ。三日前、歴史について色々訊かれた時はむしろ饒舌《じょうぜつ》だったのに、あの日以降なんとなく関係がぎくしゃくしているような気がする。

話しかければきちんと答えてくれるがどこか上の空だし、夢の中で愛し合う時はいつもどおり優しいけれど、触れる手はどこかぎこちない。

（……ちょっと、甘えすぎちゃったかな）

異国へ来て、気分が少し開放的になっているのは否めない。

だから毎晩のようにアスピスを夢に引っ張りこんではその腕に溺れていた。だが、元々アスピスは行為《セックス》があまり好きではないのだと思う。

はじめての時だって、パヴリーンが無理やり迫らなければ例え全裸で目の前を歩いても絶対に手を出してはこなかっただろう。

今さらだが、これまでの自分の行いを思い返してみる。

アスピスと夢で接触できることを思い出してからは、しょっちゅう夢に呼び出しては話につき合わせていた。

一方的に募らせた恋心を自覚したあとは、実の母親にすら嫉妬し挙句の果てには押し倒して襲い、既成事実をつくるという暴挙に出た。

アケルに入国したあとも夜はセックスに溺れ、ある時は後背位でして欲しいと強請り呆れさせた。

（……待って。ひょっとして私、ちょっと、いや相当ヤバい女じゃない？）

よくよく考えたら自分はずっと、とんでもないことをしていたのではないだろうか。

あの慎ましやかな母の娘なのに、自分はどうしてこんな風に育ってしまったのだろう。

思わず溜め息をつきながら、ちら、と腰に目を向ける。

アスピスは特になにか話しかけてくるでもなく、沈黙したままだ。

パヴリーンと魔力を互いに行き来させなければならなくなったせいで、セックスを断り切れないのかもしれない。それとも、いよいよパヴリーンに愛想を尽かしてしまったのだろうか。

ただ、なんとなくいつかはこんな日が来るのではないかと思っていた。

戯言ですら「愛している」といってもらえない自分とアスピスは、両親と違って愛し愛されている関係ではないのだ。

そんなつもりはない、と思いたいが、無意識に抱いていたのかもしれない。

――アスピスは人間ではなく、自ら動くことができない霊銃。

パヴリーンが遠くに追いやらない限りは側を離れることができないのだから、魔砲士ウルラのように愛した男をあっさりと他の女に奪われたりすることなど絶対にない、という傲慢な思いを。

（……私、本当に最低だ）

わがままで自分勝手で相手を思いやる気持ちに欠け、さらに嫉妬深い。

愛される努力すらしないで、自分が圧倒的優位な立場にいるのをいいことに周囲に優越感を抱く。

こんな女、自分が男だったら絶対に見向きもしないだろう。

霊銃狩りを追っているのも、愛するアスピスを守りたいのではなく〝自分の所有物を奪われたくない〟というだけなのかもしれない。

「……嫌な女」

自分にそう吐き捨てるように呟きながら、パヴリーンは乱暴な手つきで金貨の入った袋を携帯鞄《かばん》に放りこんだ。


三軒の事務所は、互いにそう距離が離れていなかった。

おかげで全部回ることができたが、被害にあった魔砲士はほとんどが休職、もしくは退職をしていて話を訊くことができなかった。

そんな中、被害を受けたもののなんとか復帰した、という魔砲士が後日特別に話を聞かせてくれることになった。

「はじめまして。パヴリーン・ヘルバリアと言います。すみません、お辛いと思いますが、その時のお話を聞かせていただけますか」

「……ラク・パーニスだ。できれば手短に済ませてもらえると助かるんだが」

「はい、ありがとうございます」

魔砲士ラクは乳白色の髪をした三十代くらいの男性だった。左耳から首元にかけて、魔法文言による刺青がはいっている。魔力制御の魔法。二日前に復帰したばかりと聞いたが、顔色はあまり良くない。

会った時からそれが気になり、話を訊く場所としてウルラに教えてもらった〝美味しいスープを出す店〟を選んだ。

白身魚と香草、そしてバターたっぷりのスープに焼きたての黒パン。新鮮なサラダ。パヴリーンはそれにチーズオムレツをつけた。

注文したそれらがテーブルに並べられる中、ラクは料理の皿を見つめながらぼそっと呟いた。

「……あんた、霊銃狩りの犯人を探しているんだって？」

「ええ、そうです。ですから、襲われた時のことを教えていただきたくて」

ラクはゆっくりと顔をあげた。

「その前に一つ訊くが、なぜ被害者《オレたち》のほとんどが辞めたり休職したりしていると思う？」

パヴリーンは言葉に詰まる。

それは魔砲士という職業についていながら、大切な武器を壊されたという恥に耐えられないからではないだろうか。

だが、被害を受けた本人を目の前にそれをそのまま伝えることは憚られた。

「あんたの考えていることはわかるよ。こんな無様な姿を晒《さら》して、外を歩くことなどできやしない、と思っているんだろ」

「い、いえ、そんなことは」

――思っていない、とは言えない。

「あんたさ、自分の家族や親しい友人の亡骸が転がっている側で笑えるタイプ？」

「はぁ!? そんなわけないじゃない！」

あまりの言われように、思わず敬語を忘れてしまう。

「……昨日まで普通に喋っていた相手と、もう二度と会話をすることができない。物言わない彼らに触れた時の恐怖や絶望。なにもできなかった自分に対する後悔。そんな気持ちを、すぐに断ち切るのは難しいだろ」

「あ、そ、それって……」

ラクは溜め息をつきながら、スプーンでほっくりとした魚を突っついている。

「オレの神銃ネムスは、森の地下で見つかった精霊遺跡にいた。霊銃としての年齢は三百年弱だが年は二十五歳だと、ちょっとわけのわからないことを言うやつだったが風邪をひいた時とか二日酔いの時とか、とにかくオレの体調が悪い時だけ幻みたいにアイツの姿を見ることができたんだ。目つきも口も悪い奴だったが、オレとは親友みたいに気が合った。アイツの存在に、どれだけ助けられていたことか」

パヴリーンはうつむいた。

なぜ、被害にあった魔砲士が現場を去ってしまったのか。

そんなのは、考えるまでもない。

「復帰を、決意したのは？」

「……コイツがいるからだよ」

ラクは上着の胸元をそっと開いてみせた。そこには、緩やかな曲線を描いた黄土色の銃が納まっている。

「それは？」

「神銃アレーナ。怪我をしたら必ず夢で慰めてくれる、見た目は十四、五歳の女の子で霊銃年齢はネムスより少し若いくらいらしい。俺の魔力で神銃を二丁使うとなると、首から下を刺青だらけにしないといけないからな、普段は一丁ずつ連れて行っている。……あの日、アレーナは留守番だった。だから助かった」

「アレーナのために、あなたは……」

パヴリーンの言葉に、魔砲士ラクは小さく頷く。

「落ち込んでいる暇があったら、残ったアレーナを守るために現場へ出て犯人を捜さないと気が済まない」

——これは、いい味方ができたかもしれない。

パヴリーンは腰からアスピスを取り出し、ラクに見せたあとすぐ銃帯に戻した。

「彼はアスピス。私の恋……相棒。私たち、普段はシーニーに住んでいるんです。でも、事件がアケルだけでおさまらなかったらどうしよう、って心配になって、それで仕事を譲ってもらってアケルに来ました」

正確には譲ってもらったわけではないが、本来はクニークルスでもこなせる程度の仕事だったのだ。この表現でも嘘ではないと思う。

「……そうか。あぁ、そうだ、襲撃された時のことだったな。あんたが一番確認したいのはオレが犯人の顔を見たかどうか、だろ？　結論から言うと、見ていない」

「見ていない？　じゃあ男か女かもわからないんですか？　人数も？」

ラクは首を横に振った。

「わからない、後ろからいきなり銃撃されたから。利き腕を撃たれて、咄嗟《とっさ》にネムスをつかみ出すことができなくて、焦っていたら急激に眠くなった。目を覚ました時にはもう、なにもかも手遅れだった。他の連中も多分、似たり寄ったりな状況だと思う」

『〝眠り〟の弾丸を撃たれたんだろうな』

アスピスが溜め息混じりに呟いた。

「やっぱりそう思う？　でも、それならやっぱり犯人は魔砲士で決まりだよね」

頷くパヴリーンに、ラクは不思議そうな顔を向けてくる。

「あ、彼は高位銃ではないんですけど、私は起きている状態でも彼の声が聞こえるんです。なんとなく、そのことはあまり人に言っていなくて。でもパーニスさんは霊銃《彼ら》と話ができる人だから信用できると思いました」

言いながら、パヴリーンは内心で首を傾げていた。

同性の仲間であり、親切にしてくれたウルラにも話せなかったことを、なぜ初対面のラクに話せるのだろう。

穏やかな雰囲気をしている、というのもあるかもしれないが、自分でも理由がわからない。

「本当か⁉　高位じゃない霊銃でそんなことが可能な例があるんだな。今回、襲われた連中とは仕事で何度か一緒になったことがあったんだ。それでネムスやアレーナが相手の霊銃と勝手に話をしていて、オレはその時はじめて他に〝喋る霊銃〟がいることを知ったよ」

「霊銃同士が念話ができるなんて、養成学校では教わりませんものね」

聖霊遺跡から発掘される武器については、まだまだ研究が進んでいない。霊銃についても、魔砲士ですら知らないことがいまだに数多くある。

「なぁ、あんたのアスピスに訊いてくれないか？　アレーナはどんな様子だ？　ここのところ怪我をすることもなかったからな、アレーナに会えていないんだよ」

「はい、ちょっと待って――」

『ネムスを殺ったヤツは必ずぶっ殺す、だとよ。ぎゃあぎゃあと喚いてうるさいガキだ』

神銃アレーナはすでにその言葉を叫んでいたのだろう、アスピスは即座に彼女の言葉を伝えてきた。パヴリーンは一瞬迷ったのち、それをそのまま伝える。

「……ネムスを殺ったやつは必ずぶっ殺す、だそうです」

ラクは両目を大きく見開いたあと、腹を抱えて笑い出した。

「アレーナは頼もしいな。うん、オレもできるだけ協力するよ、他の連中になんとか連絡をとってみる」

ありがたい申し出に、パヴリーンはほっと安堵の息を吐く。彼らにとって見ず知らずの他人であるパヴリーンよりも、知り合いであるラクが訊いたほうが警戒されることもないだろう。

「ありがとうございます。あの、可能であれば彼らに襲われた時のことをできるだけ詳しく訊いていただいてもいいですか?」

辛い記憶を思い出させるのは申し訳ないが、襲撃された状況の詳細がわかれば犯人を特定する参考になる。

「わかった。それから、ありがとう。おかげで元気が出てきたよ」

ラクはスープを掬い、口に運んで笑みを浮かべた。その顔色は、最初の頃に比べるとずいぶんと良くなっている。

「いいえ、こちらこそ。では、ここからは普通にお食事をしましょうか。これまでのお仕事のお話とか聞きたいです」

「いいよ、オレで良ければ。ところであんた、〝ヘルバリア〟ってことはもしかしてあのゼア・ヘルバリアの娘？」

「えぇ、はい、そうです。……父をご存じなんですね」

アケルは父の生まれ故郷とはいえ、シーニー生まれでシーニー育ちのパヴリーンからすれば異国だ。

そんな異国で父の名前を聞くと、なんとも言えないくすぐったい気分になる。

「もちろん。顔も腕も最高の魔砲士だからな。オレは彼に憧れて魔砲士になったようなもんだよ。その娘さんとこうして食事をできるなんて光栄だな」

「そう言っていただけると、父も喜びます」

どうせアケルに来たことはもう父に知られている。なにも言ってこないのが少し怖いが、そこは母が上手く言ってくれたのだと思うしかない。

（帰ったらパパに憧れて魔砲士になった、っていう人に会ったよって、教えてあげようかな）

そう思いながら、パヴリーンは取り分けた野菜サラダにフォークを向けた。

ラク・パーニスと別れたあと、パヴリーンは再び協会事務所に戻った。

明日以降の依頼の確認をするためだ。複数依頼をこなすため、列車の切符の手配やどう回るかの段取りを組む必要がある。

「はぁ、やっと終わった。シーニーよりも移動距離が少ないのは良かったけど、何回も乗り換えが必要なのが面倒だな」

すべての準備が終わり、ようやく帰路についた時には周囲がすっかり薄暗くなっていた。

「それにしても、今日は色々と話を聞けて良かった。ウルラにパーニスさん、ちょっと足を伸ばせば先輩魔砲士と話をする機会も増えるし、もう少し海外の仕事を請け負ってもいいかもしれない」

『……別に、シーニー国内でもいいだろ。アケルの倍以上の国土だぜ？　場所によっては海外へ行くより移動時間がかかることだってあるんだからな？』

「んー、そうだね」

ラクの話を聞いてから、ずっと考えていた。

襲撃された魔砲士は、おそらく全員がパヴリーンと同じくなにかしらの形で霊銃の人間体に接触し、普段からコミュニケーションをきちんと取っている。

そのほとんどが相棒という大切な存在（ひょっとしたらパヴリーンとアスピスの関係に似た絆を持っていた者もいるかもしれないが）を失って立ち直ることができないでいる。

だがラクは立ち上がった。それは本人が言っていたように他にも守るべき存在、信頼できる存在が側にいたからだ。

今のパヴリーンがアスピスを失ったら、誰になんと言われようが立ち直ることなどできやしないだろう。

それどころか、後を追ってしまうかもしれない、とすら思ってしまう。

「依頼っていうか、まぁ、聖霊遺跡を回ってみるのもいいかなって思ってるの。アスピスは魔銃だから、神銃を手に入れればなんていうか調和？　が取れるかもしれないし」

『……やけに堂々とした浮気宣言だな』

静かだが、どこか怒りに満ちた声。

これまでならすぐに謝っていたが、今のパヴリーンにそんな余裕はない。

「だってアスピス、私のことそんなに好きじゃなくなっているでしょ？　……好きじゃなくなっているっていうか、最初から好きじゃなかったのかもしれないけど。私が無理やり迫ったから、仕方がなかったのかな」

『はぁ⁉　お、お前、急になにを言って』

「いいの。でも私はアスピスが好きだから、なにかあったら絶対に立ち直れないと思う。あなたのことを忘れたくないから、なにもかも忘れる、って手段も使えない。だから代わりが必要なの。もう一人、信頼できる相手が。……ううん、依存する相手、っていうほうが正しいのかもしれない」

はっきり言って、最低なことを言っている自覚はある。アスピスにも新しい銃にも、誰に対しても誠実ではない。

『待て、パヴリーン。俺は……！』

「だから、もういいんだってば。大丈夫、わがままは言わない。その代わり、綺麗事も言わないけどね。霊銃狩りを捕まえたいのは好きな人を守りたいっていう崇高なアレじゃなくて、寄りかかる相手を失いたくないっていう私の個人的感情なんだと思う。けど、私はママみたいにはなれないから自分の欲にも素直に従う。私が〝エッチしたい〟って言ったら、そこはちゃんと相手してね」

――身体さえ満たしてくれれば、心は伴わなくてもいい。

この先、アスピスに愛されることはないのかもしれない。それでも、愛する気持ちを消し去ることはできない。それならもう、とことんまで自分自身の欲望につき合おう。

そう考えるだけで、少し気持ちが軽くなっていくような気がする。

『待てって！　なんでそうなるんだよ。いいか、パヴリーン。帰ったら話そう、すぐに』

「今、話をしているじゃない。あ、霊銃狩りの犯人を捜すのは絶対にやめないからね？」

『それはわかってるよ。そうじゃなくて、俺が言いたいのは――』

次の瞬間、パヴリーンは全力で横に飛んだ。

先ほどまで歩いていた地面が、勢いよく弾け飛んでいく。

「……っ、誰⁉」

アスピスに手をかけながら振り返った先には、ゆらゆらと揺らぐ黒い影がいくつも並んでいる。影は二つになり三つになり、いきなり五つになったかと思えば一つになったり、と不規則に揺らめき動きが読めない。

『パヴリーン、逃げろ！　周りに散視《さんし》の魔法が展開されてる！』

「散視!?」

――〝散視〟とは幻影魔法の一種になる。

その範囲内では、人や物の存在を認識することができない。

「さっきの攻撃は、私を狙ったわけじゃなかったのね……！」

むしろ、パヴリーンが避けることを想定していたのだろう。そして今、弾丸に気を取られたパヴリーンは敵の存在を認識できなくなっている。

「気配もつかめないなんて……！　これじゃあ、敵がどこに何人いるのかもわかんないじゃない！」

闇雲に視線を泳がせていると、アスピスの怒声が飛んだ。

『ともかく、俺を乱射して早くこの場から離れろ！』

「わかってるわよ！」

パヴリーンはアスピスを素早く引き抜き、弧を描くように弾丸を周囲へ連続で放った。

狙いはつけられないが、何発かは当たるだろう。

「うわっ!?　クソッ！　なんだ、なんだよ、これ！　手が、俺の手が腐り落ちていく……！」

すぐ近くから、男の声で悲鳴が聞こえた。

どうやらアスピスの腐毒の弾丸が上手く当たったらしい。

『パヴリーン、早く……！』

「うん、わかっ……きゃあっ！」

アスピスを握ったまま、駆け出そうとしたパヴリーンの腰になにか太いものが絡みついた。

「よし、捕まえた！」

耳元のすぐ近くで、野太い声が聞こえる。

「ちょ……っ、なに、やだ、離してよ！」

腰に巻きついたなにかを全力で叩くと、毛深い人肌のものに触れた。これは、男の腕だ。

パヴリーンは歯噛みをする。アケルに来た以上、自らが霊銃狩りにあうことは予測しておくべきだった。

しかも「背後からいきなり銃撃された」と手口も聞いていたはずなのに。

ベテランのウルラですら襲われたというのに、女でしかも若輩者である自分が襲われないと、どうして思いこんでいたのだろう。

「甘かったわ、最悪……！」

散視のせいで敵の人数を把握できていない。

これは予想以上に敵が多かった、と思うべきだろう。なんとかしなければ。このままではアスピスを壊されて、いや、殺されてしまう。

「ねぇ、この銃は低位の銃だから関係ない！　あなたたちの目的は中位クラスの銃でしょ⁉」

「銃？　そんなもんどうでもいい。俺らの目的はアンタの身体だよ、ネエちゃん」

「……え、わ、私？」

『パヴリーン！』

悲鳴のようなアスピスの声が聞こえる。だがパヴリーンは敵の目的がアスピスではなかったことに心底安堵していた。

「私を、どうしたいの？」

こうして、相手を問い詰める余裕すらある。

あいかわらず顔も気配もわからないが、下卑た声ははっきりと聞こえた。パヴリーンは思わず顔をしかめる。

「アンタを女として立ち直れないくらいに、手酷く凌辱《りょうじょく》してくれってご依頼なんだよ。

……おい、ソイツはもう駄目だ。うるせぇから止《とど》めをさして森の中に放り込んどけ」

横のほうからいまだに聞こえる叫び声は、アスピスの弾が当たった人物だろうか。

「わかりました」

また別の声が聞こえた。それと同時に一発の銃声が響く。どことなく、硬い音。

「お前ら、捨てて来い」

今度は、遠くのほうから二種類の声。

パヴリーンは押さえ込まれたまま、敵の数を冷静に計算していた。

――まず〝散視〟の魔法を使った男。

そして腐毒の弾丸を受けた男。今現れて、魔法を使った男の指示を受け負傷した仲間を始末した男。

始末された男を捨てに行かされる二人の男。

負傷した一人は数に含まないとして、少なくとも敵が四人はいることがわかった。

(四人か……。この男はおそらく魔術師でしょ？　さっきの銃声は鉄鋼銃の発射音だから使ったのは普通の傭兵《ファイター》だと思うけど、残りはわからないなぁ……)

抵抗をすれば、パヴリーンを押さえつけている男は倒せると思う。だが、他は存在が認識できない以上どうしようもない。

〝散視〟の効果がどの程度続くのかはわからないが、ここは大人しく魔法効果が切れるのを待つのが最善策だろう。

「ちょっと、あんまり押さないでよ。痛いじゃない。とりあえずなにをしてもいいけど、乱暴にだけはしないでくれる？」

「……なんだ、嫌がらないのか」

男は興を削がれたように呟いた。どうやら泣き叫ぶ女を無理やり、という趣向がお好みだったらしい。

「私が思いどおりになると思ったら大間違いなんだけど？　それよりオジサマ、ちゃんと使えるモノ持ってるの？」

「……アンタ、もう散視の効果が切れたのか？」

戸惑ったような男の声に、パヴリーンは全力で嘲りの言葉を向けた。

「あー、やっぱりオジサンなんだぁ。散視の効果は切れてないよ、ただ腕の皮膚には張りがないし、私の身体をさっきからずっと必死で撫で回しているし、誰かに雇われて集団で襲わない限り、私みたいに若くて可愛い女の子に縁がない人かなって思っただけ」

『やめろ、パヴリーン！　そいつを刺激するな！　もうすぐ――』

アスピスの怒鳴り声。それに応えようとした次の瞬間、右の頬を全力で殴られた。

目の前に火花が飛び、脳がぐらぐらと揺れる。

しばらくして口の中に感じたのは、己の血の味だった。

「いっ……たぁい、なぁ、もう……」

「ちょっと可愛い顔をしてるからって、馬鹿にすんなよ、小娘が」

吐き捨てるような声とともに、パヴリーンは地面に投げ出された。

即座に反転して身体を起こそうとするも、どうやら非常に巨体らしい男に上から圧しかかられてしまった。

「今からたっぷり、可愛い声を聞かせてもらうからな。自分から尻振ってねだるようになるまで教育してやるよ」

「……あっそ。せいぜい、頑張ってね」

そう強がってみたものの、まったく身動きが取れない。

パヴリーンは溜め息をつきながら、アスピスに話しかけた。

「……お願い、アスピス。しばらく意識を沈めておいて。声なんか出すつもりはないけど、色々とされている気配を感じられるのはさすがに嫌なの」

――怖くはない。

肉体はただの器だ。〝パヴリーン・ヘルバリア〟を構成している魂《こころ》は未来永劫《えいごう》、愛する男《アスピス》のものなのだから。

「……？　誰に話しかけてんだ？」

男の吐く生温かい息が、首元の髪を揺らす。こみ上げる吐き気をこらえたところで、血を吐くような掠れた叫び声が聞こえた。

『パヴィー！』

女性としての尊厳が脅かされているというのに、アスピスが心配してくれることがこんなにも嬉しい。我ながら歪んでいると思うが、これはもうどうしようもない。

「……大丈夫。私は、大丈夫だから」

服の胸元に男の手がかかる。今にも破かれようとしたその時、急に身体の上から重みが消えた。

「え、なに？」

「パヴリーン！」

遠くから聞こえる、その声を聞いたパヴリーンは両の目を大きく見開いた。

「……嘘⁉　本当に？　やだ、なんで⁉」

「大丈夫か、パヴリーン！　ちょっと待っていて、すぐ皆殺しにするからね」

穏やかで優しい声。それなのに、言っていることはひどく残酷で恐ろしい。

呆然《ぼうぜん》としていたパヴリーンは、言葉の意味を理解した瞬間その行動を阻止するべく急いで起き上がった。

「待って！　まだ彼らを殺さないで！　……パパ！」

――薄緑色の髪に、玉蜀黍《トウモロコシ》色の目をした壮年の魔砲士が二丁の銃から次々と魔力の弾丸を発射している。

〝色変え〟で髪と目の色を入れ替えたパヴリーンの父ゼア・ヘルバリア。

怒れる父の顔は冷たく凍え、容赦のない攻撃を受けた男たちは続々と倒れていく。

いつの間にか、〝散視〟の効果は消えていた。

「パパ、ねぇ、ちょっと待ってよ！　待ってってば！」

とりあえず誰に頼まれたのかを吐かせるまでは、彼らを生かしておいてもらわなければ困る。

だが父の玉蜀黍色の目は瞳孔が完全に開き、まったく聞く耳を持ってくれない。

「ど、どうしよう……」

その時、うろたえるパヴリーンの肩に背後からぽん、と手が置かれた。

「大丈夫よぉ、向こうで一人ぃ、生きているのがいるからぁ」

「ご安心なさって。こんなこともあろうかと、カルケウスが早々に尋問用の人間を一人確保しておりますの。ですので、残りはすべてぶっ殺しても大丈夫ですわ」

遠いアケルで聞けるはずがなかった父の声を聞いたあと、一生聞きたくもなかった腹立たしい声が聞こえてくる。

パヴリーンは肩に置かれた手を乱暴に振り払いながら、ゆっくりと後ろを振り返った。

「……ティアーラにモニーレ。なんであんたたち姉妹まで？」

目の前で笑顔を浮かべているのは、父の友人であり父と唯一肩を並べられる実力を持つ魔砲士カルケウスの所有する姉妹銃。

銀色の髪をさらさらとなびかせ、宝石のような眼《まなこ》をしている二人の美女。

「わたくしたちは聖霊遺跡を発掘している学者さまの護衛をしていましたの。それが一段落いたしましたので、ヘルバリアさまのご自宅にお邪魔したんですの。その時に、奥さまより気になるお話をうかがったものですから」

紫の瞳のティアーラは、手を伸ばしパヴリーンの身体についた土埃を払った。

さすがに、その気遣いの行為まで無下にしようとは思わない。大人しくティアーラの手に身をまかせながら、〝気になるお話〟について訊く。

「……ママからの話ってなに？　ママはなんて言っていたの？」

「そのお話はあとでいいと思うのよぉ。それよりぃ、先に尋問しちゃったほうがいいん

ている。

「じゃないかしらぁ」

後ろを指差すのは、緑の瞳のモニーレ。彼女が示した先には、縄で縛られた男が転がっている。

「ん、そうね、そうするわ」

姉妹の言うことをきくのは癪《しゃく》だが、このままにしておくとこの男は父の手にかかってしまう可能性が高い。

パヴリーンは男に近寄り、その傍らにひざまずいた。

「た、助けてくれ」

「考えとく。で、誰に頼まれたの？」

腰からアスピスを抜き出し、男の頬にぐりぐりと押しつける。途端に男は悲鳴をあげた。

「うわっ！　熱い！　やめてくれ、なんでも話すから！」

アスピスを離すと、男の頬は銃口の形に赤く焼け爛《ただ》れていた。

『……俺の女に手を出しやがって』

ぼそりと呟かれた声。

パヴリーンは慌てて背後を振り返った。

姉妹はきょとんとした顔でこちらを見つめている。どうやら、アスピスの声は聞こえていなかったらしい。

気を取り直し、男への尋問を再開する。

「じゃあ、早く話して」

「頼んできたやつの名前は知らない。嘘じゃない、本当に知らないんだ。俺たちのたまり場に手紙と前金が置いてあったからそのとおりにしただけなんだよ！　一方的な依頼は気に食わなかったが金貨と銀貨が合わせて二十枚も入っていたし、おまけに標的《ターゲット》の女は若くて上物だ。だからおいしい話だと思って……！」

「霊銃を破壊するように、とは言われていないのね？」

男は激しく首を振った。

「言われていない！　だって俺たちは魔砲士でもなんでもないんだ。〝散視〟は魔術師の俺が使って、魔法の発動に合わせてアンタを拘束していたあの男が鉄鋼銃を撃った。それも、手紙に書いてあったとおりにしただけで……！」

「……手紙に、書いてあったとおり？」

パヴリーンは男の顔を観察した。滝のように汗を流す蒼白な顔。唇は細かく震え、とても嘘をついているようには見えない。

「パヴリーン！」

考えこむパヴリーンの元に、父が駆け寄ってきた。

その後ろでは、精悍な顔立ちの大柄な男と少年二人が遠巻きにこちらを見つめている。筋肉の盛り上がった太い両腕に魔封の刺青を施している姉妹の契約者カルケウスと、父の所有する兄弟銃。彼らも人の姿になっていることから、〝後始末〟は終わったものと思われる。

「……パパ」

「パヴリーン、あぁ、頬が腫れているじゃないか。可哀そうに、ほら、おいで」

父は笑みを浮かべながら、大きく両手を広げた。

「え、なに?」

「おいで、抱き締めてあげるから」

「……い、今?」

「もちろん」

当然、とでもいうような父の顔。

「あー、えっと、今じゃなくてもいいんじゃないかなぁ」

少女の頃は長身の父に抱き上げてもらうのが嬉しくて仕方がなかったが、さすがにこの場では恥ずかしい。

『……いいじゃないか、行ってやれよ。お前のパパは面倒くせぇ男だが、危険をおかしてアケルまで来てくれたんだろ。抱きつくくらいしてやっても罰はあたらないと思うぜ』

「はぁ、もう、わかったわよ」

パヴリーンは溜め息をつきながら、アスピスの助言に従い父の広い胸に抱きついた。

「パパ、助けてくれてありがとう。あの、アケルにいることはママから聞いたんだろうけど、どうしてこの場所がわかったの?」

父は無言のまま、兄弟銃に目を向けた。

「あ、そうか、念話ね」

「そういうこと。僕がアケルに入国した時、スピナキアとルブスがアスピスに話しかけたんだよ。それで合流しようと急いでいたら、アスピスから緊急事態が起きたから急げって連絡がきたっていうからものすごく急いだんだ」

少し離れた場所で、兄弟がうんうん、と頷いている。

「そうだったの。あ、だからさっきアスピスが〝もうすぐ〟って言っていたのね」

『こいつらが近くにいるのがわかったからな』

「なによ、それならそう言ってくれれば、無駄に殴られなくて済んだのに」

唇を尖らせるパヴリーンは、父の鋭い視線に気づき慌てて口を閉ざした。

「……なるほど。お前は銃の状態でもアスピスと会話ができるんだね。彼は、現実《こっち》で人化ができるほどのランクではないはずなんだけど」

「あ、うん……。黙っていてごめん」

父はがっくりと肩を落とした。

「まったく、僕の銃は訊かない限りなにも教えてくれないからな。つい最近まで兄弟とアスピスが普通に念話できることも知らなかったんだよ。アスピスは自分たちよりランクが低いから言っていることは断片的にしか聞き取れない、と聞かされていたからね」

パヴリーンは父を上目遣いに見つめた。

「ねぇ、パパ。私って、そんなに信用がない？　……といっても、まぁ結局こういうことになっているから説得力はないんだけど」

父は長い腕でパヴリーンを包み込むように抱き締めている。その父の両目には、明確な困惑が宿っていた。

「いや、信用をしていないわけじゃないんだよ」

「でも私のところに行くようにって、ママに頼まれたんでしょ？」

だが、父はゆっくりと首を横に振った。

「いいや。ママはむしろパパよりもお前を信じていたよ。だからパパに〝パヴリーンの助けになってやって〟とは言わなかった。パパが勝手に心配をして、お前を追いかけてきただけなんだ」

パヴリーンは小さく笑った。思った以上に、自分は父に心配をかけていたらしい。

いつもの父なら、こんな失言はしなかっただろう。

「私の助けになってやって、とは言わなかったのね。じゃあ、ママはなんて言っていたの？」

父は虚を突かれたような顔になり、やがて苦笑を浮かべた。

「あー……、僕としたことが少々うっかりしていたよ」

『ガキどもが、裏切りやがったな』

吐き捨てるようなアスピスの言葉。

言葉の意味を理解した途端、パヴリーンはさっと顔色を変えた。

「やだ、嘘でしょ……？」

全身がかっと熱くなり、逆に背中へ冷たい汗が流れていく。

「ママはお前の雰囲気が今までと違うと言っていた。どう違うのか訊いたら、なんていうか人化したスピナキアたちみたいだって言う。彼らの見た目は子供だけど、中身は百歳と九十歳をそれぞれ超えたくらいだ。そんな彼らと自分の娘が同じ雰囲気だなんて気にならないわけがない。そこでスピナキアとルブスを問い詰めたら、お前とアスピスの関係を白状した、ってわけだね」

「あ、えっと、パパ、その、それは」

言い訳をしようにも、言葉が上手く出て来ない。

「……その反応だと、やっぱりそういうことなのか。うん、パヴリーン、とりあえずシーニーに帰ろうか。霊銃狩りの件は、パパに任せておいてくれればいいから」

「ま、待ってパパ！　お願い、私にやらせて！　もう絶対に油断はしないから！」

正直、父やカルケウスに任せたほうが早く解決するのかもしれない。

けれど、なぜかどうしてもこの手で犯人を捕まえたかった。

「いいや、駄目だよ。ママも心配している。パパはママを悲しませたくない」

「私だってそうだよ！　ママに悲しい思いをさせたくないってずっと思ってる！　でも、お願い！　三日、あと三日でいいから！」

父は顔をしかめながら、なにやら考え込んでいる。

「ゼア、三日程度の延長ならいいじゃん。カルケウスさんがしばらくアケルにいるみたいだし、なんかあったら今回みたいにおっさんがティアーラたちと念話をすればいいんだしさ」

「パパ、お願い……！　毎日ティアーラとモニーレに、アスピスから連絡を入れてもらうようにするから！」

霊銃兄弟の後押しを受け、パヴリーンはここぞとばかりに懇願する。

「はぁ、仕方がないな。わかった、ひとまずカルケウスの家に行こう。詳しい話はそこで聞く。カルケウス、悪いけどいい？」

「あぁ、いいよ」

いつの間にか、姉妹の姿が消えている。銃の姿になり、主の元に戻ったのだろう。

「パパ」

パヴリーンは父のコートの裾を引いた。

「ん？　どうしたの？」

「助けに来てくれて、本当にありがとう」

襲われていた最中は、器の肉体がどうなろうと別に構わない、と思っていた。

けれど、この身体は父と母から生まれ、愛情を与えられ大切に育ててもらった身体でもある。

自分さえよければいい、というものではなかったのだ。

「大切な娘を助けるのは当然じゃないか。お礼なんて言わなくてもいいんだよ」

そう言うと、父はパヴリーンの手を引いて歩き出した。大きくて、温かい手。

成人している娘と年配の父親が手を繋いで歩く、というのはなかなか見ない光景だ。

歩く方向からすると、どうやらカルケウスの家は中心街にあるらしい。このまま歩くときっと、人々から好奇の視線を向けられるだろう。

（恥ずかしい？　ううん、そんなのどうだっていいじゃない）

パヴリーンは少女の頃のように、父に寄り添い大きな手を強く握り返した。

第四章　求めていたのは

蔦《つた》が絡まる石造りのカルケウス宅で、パヴリーンはアケルに来るきっかけ、そしてアケルに来てからの行動と手に入れた情報を説明し始めた。

霊銃兄弟と姉妹は人化した姿になり、少し離れたところにあるソファーにひっそりと腰かけている。

「……クニークルスっていう魔砲士からアケルでの仕事を代わって欲しいって言われたの。その時、霊銃狩りのことを聞いた。アケル国内でしか起きていないとはいえ、霊銃を狙って壊す目的がわからない以上シーニーにいるから安全だという確証もない。それに中位ランクの銃が狙われているって知ったらもう、いてもたってもいられなくなって」

飛空艇の中でアスピスに話したのとまったく同じことを父に伝える。

「なるほど。それでアケルに入国するため、ママに色変えの薬を頼んだの？」

パヴリーンは頷く。

「その時に聞いた。パパとママが出会ったきっかけと、そのあとのことも。昔、ひどい目にあったんだよね。ごめん、心配をかけて」

「正確に言うと、ひどい目にあったのはママだけだよ。パパはママに出会えて良かった、としか思っていなかった」

父は結婚指輪を見つめながら、今は遠いシーニーにいる母を思っているのか優しい笑みを浮かべている。

「やっぱり、ママには敵わないなぁ」

今思えば、薬をもらいに行った時、母はこう言っていた。

──大切な人を守りたいのよね？

あの時、パヴリーンは明確にアスピスについて話をしていたはずだ。

それにもかかわらず、〝大切な霊銃〟ではなく〝大切な人〟と表現した母は、無意識のうちに二人の関係に気づいていたのだろう。

「その話は帰ってからゆっくりしよう。今は霊銃狩りを解決するしかない」

「パパ、いいの……？」

「もろ手を挙げて賛成、とはいかないな。でもお前は小さい頃から決めたことを覆さない子だったからね。パパは仕事があるから明日にはシーニーへ戻るけど、できる限りの手助けはする。ただし、犯人の確保はカルケウスに任せるように」

父ならば力づくでパヴリーンを連れ帰ることができるはずなのに、こうして責めることなく精一杯の譲歩をしてくれている。

それが、すごく嬉しい。

「パパ、本当にありがとう。絶対に無茶はしないって約束する」

「うん。それで、今どのくらい考えがまとまっているの？」

「ぜんぜん、なにも。まだ二人の魔砲士から話を聞いただけだから」

パヴリーンは入国してすぐウルラという魔砲士に出会ったことと、ラク・パーニスの話をした。

「パーニスくんのことは知らないな。でもウルラ・ソリトゥスなら知っているよ。ママと出会う前、一度だけ仕事をしたことがある。優秀な魔砲士だよ。そのあとはシーニーの会合に来ているのを見かけたことがあるかな、パヴリーンがまだ小さい時、その会合へ一緒に連れて行ったんだよ」

「え⁉　ウルラと私、そんな昔に出会っていたの？」

ウルラと父が知り合いだったなんて。そしてまさか、パヴリーン自身も昔彼女に会ったことがあるとは。パヴリーンは驚き目を見張る。

アスピスがなにも言わなかったのは、パヴリーンが子供だった頃、彼はまだ母のもとにいないからだ。

パヴリーンもウルラのことは覚えていない。だがその会合のことは薄々覚えている。

父と手を繋いでいたはずが、周りに気を取られいつの間にか迷子になってしまったのだ。

けれど、怖い思いをした覚えはない。周りにいるのは、将来の夢である憧れの人たち、魔砲士ばかりだったからだ。

「とりあえず、霊銃狩りの被害にあった二人と接触できたわけだね。でも、証言が色々とバラバラなのが気になるな。クニークルスくんは複数犯と言い、ウルラ・ソリトゥスは単独の大柄な男に直接襲われ、ラク・パーニスと他数人の被害者は背後からの銃撃、か」

顎に手を当て、考えこむ父にパヴリーンは己の考えを伝える。

「うーん、基本的にはやっぱり複数犯なんじゃない？　ウルラは女性だし、一人で直接襲いかかっても押さえこめると思ったんじゃないかな。パーニスさんは男性だから、離れた距離から襲撃したってことなのかも」

実際、パヴリーンは集団に襲われている。

「まぁ、その考えもあるね。あとはパーニスくんが他の被害者からどこまで情報を得られるか、ということか」

「うん、パーニスさんが立ち直ってくれて本当に良かっ……」

パヴリーンは途中で言葉を止めた。

なんだろう、なにかが引っかかる。

「どうした？　パヴリーン」

「ちょっと待って、パパ」

頭の中を掠めるのは、ラクとの会話。

「……あ」

そうだ。彼《ラク》はこう言っていた。

――ネムスは霊銃としての年齢は三百年弱だが年は二十五歳だと、わけのわからないことを言っていた。

――アレーナは見た目が十四、五歳の女の子。霊銃年齢はネムスより少し若いらしい。

次に、きょとんとした顔でこちらを見ている父の兄弟銃、神銃スピナキアと魔銃ルブスに目を向けた。彼らは見た目と中身の年齢が違う。だが問題はそこではない。

兄弟は年齢が一つしかないのに、ネムスとアレーナは二つある。

そして三十代半ばだというアスピスも、だ。

「まさか、中位クラスの霊銃は……」

彼らはすべて、元人間。そしてもう一つの年齢は没年齢、ということなのではないだろうか。

確証はないが、そう仮定すると犯人の目的がなんとなくわかってきたような気がする。

「パパ！　もしかして霊銃狩りの犯人は〝誰か〟を探しているんじゃないかな」

困惑の表情を浮かべる父やカルケウスに、パヴリーンは己の考えを説明した。

父たちと別れ、宿に戻ったパヴリーンはアスピスをベッドに置き無言で浴室に向かった。

シャワーの下についた歯車を回し、いつものように熱い湯を浴びる。

「はぁ、どうしたものだろう」

アスピスはパヴリーンに父の腕の中へ飛び込むことをうながし兄弟に悪態をついたあとから、一言も喋ってはいない。

宿への道中、何度か話しかけようかと思ったが、なんとなくきっかけをつかめずそのままになっていた。

だが、この雰囲気がよくないことはパヴリーンにだってわかる。

「……もう、ここまでなのかな」

もちろん、アスピスを手放すつもりはない。

ただ、恋人関係を継続するのはそろそろ潮時なのかもしれない。

「大丈夫かな、諦められるかなぁ。でも、あの時アスピスは〝俺の女〟って言ってくれたし。……なんて、こんなことを考えている場合じゃないよね」

パヴリーンは顔を上に向け、両手でごしごしとこすった。

今は色恋沙汰に現《うつつ》を抜かしている場合ではない。

まずは霊銃狩りを、解決するのが先だ。

「私の仮説が正しければアケル国内に目的の人物がいなかった場合、やっぱり他国に探しに来るかもしれないもの」

父たちに話した仮説。

それは〝中位クラスの銃になった元人間〟というより〝元人間の霊銃が中位クラス認定された〟というべきかもしれないが、ともかく彼らの中に犯人が捜している〝人物〟がいるのではないかということだ。

ではどうやって探しているのか。

おそらく、自身の霊銃に探りを入れさせているのだと思う。

だが低位の銃は互いに会話をしたとしてもそれを主に伝える術がないため、犯人は霊銃同士が会話をすることを知っている中位以上の霊銃所持者。

「ただ、まだわからないことがあるのよね」

まずは霊銃狩りの動機をあらためて再確認する。

「人でいう通り魔みたいに、愉快犯ではないことは確か。それなら、すべてのランクの銃が無差別に狙われなきゃいけないから。だから犯人は誰かを、なにかの目的のために探している」

説として一番あり得るのは怨恨だ。けれど、霊銃になった人間は百年単位で過去の人物。現代の人間が過去の人間に対して一体なんの恨みがあるというのだろう。

アスピスの腐毒のように霊銃の中には恐るべき効果を持つ銃もある。兄弟から呪弾を受け一時的に通常の視力を失った昔の父のように、霊銃から発射された魔力弾により重篤な被害をこうむった者の逆恨みだろうか。

いや、これも見当違いだ。霊銃を使うのはあくまでも魔砲士である以上、どんな被害を受けようと、恨みの矛先は契約者である魔砲士に向かうべきだ。霊銃を恨むというのはおかしい。

「〝人違い〟の銃はすべて破壊されている。霊銃同士の会話から情報が伝わるのを避けるためよね。捜しているのが霊銃になる前の人間体だと仮定して、本人だと見分けるために襲っている、と考えるのが自然かしら。アスピスもそうだけど、契約者が呼んでいる名前が本名とは限らないものね」

――そうだ、本名。

少し前に訊いた時、アスピスは自分の名前を忘れた、と言っていた。

なんだか色々と細かいことを隠されているような気がしなくもないが、少なくとも本名を覚えていない、というのは嘘ではないと思う。

「……気まずいけど、アスピスと話をするしかないな」

パヴリーンは出しっぱなしの湯を止め、濡れた髪をかきあげながら浴室の扉を見つめる。

ここは小さな宿。扉を開ければ、すぐ向こうのベッドに恋人《アスピス》がいる。

「行くか――……」

ここで悩んでいても仕方がない。

曇りガラスを見つめ大きく深呼吸をしたあと、重い足を叱咤《しった》しながら扉にゆっくりと手をかけた。

いつものように、目の前を覆う白い靄。

パヴリーンはベッドに座り、それが晴れるのを待った。

靄の向こうに、人影が見える。

いつもなら待ちきれず飛び込んで抱き着くのに、今日はそれをすることができない。

「アスピス、ちょっといい？」

「……あぁ」

ベッドの上、長い足を投げ出して座るアスピスはこちらを一切見ようとしない。

「あのね、私が立てた仮説なんだけど、聞いてくれる？」

「……大丈夫か？」

唐突に訊かれ、パヴリーンは両目を瞬かせる。

「え、なにが？」

「なにがって、顔を殴られていただろ」

「あぁ、うん、そうだね。もうぜんぜん平気だよ」

「……そうか。それならよかった」

アスピスの声が一段と低くなっていく。なんとなく不安になり、パヴリーンはアスピスににじり寄った。

「あの、ごめんね？　色々と心配をかけて」

「……守ってやれなくて、悪かった」

顔を伏せたアスピスの顔に、赤銅色の髪がさらりとかかる。

「え、いいよ、そんなこと気にしなくて——」

「お前、やっぱり人間の男とつき合えよ」

パヴリーンは思わず息を止めた。

「え、な、なんで、そんなこと、言うの」

急速にこみ上げる吐き気をこらえながら、その言葉だけをなんとか絞り出す。

「実体のない俺は、お前を直接守ってやれない。今日だってゼアが来なければ、お前はどうなっていたと思う？　あんな腐った男どもに身体を好き放題されていたんだぞ？」

「そ、そうかもしれないけど結果的に、無事だったんだからいいじゃゃ、ない」

どうしたのだろう。笑えるほど、声が震えている。

「馬鹿を言うな。精神《こころ》の純潔のほうは俺のせいでもうどうにもならないが、せめて本当の身体はお前を正しく愛してくれる男のためにとっておけよ」

「い、いや、嫌……！　やめて、そんなこと言わないでよ！」

パヴリーンはアスピスの胸にとり縋《すが》った。手が震え、目から大粒の涙がこぼれ落ちていく。

潮時だのなんだのと格好をつけておいて、結局いざとなったらこんな風にみっともなく追い縋る。なんて哀れで滑稽な女なのだろう。

「別に、契約者を変えるわけじゃない。まぁ、それもお前が望むなら話は別だけどな。ただ、関係性が変わるだけだ」

「関係性が、変わるだけって……」

アスピスの腕が、するりと腰に回された。

抱き締めてもらえる。そう期待した次の瞬間、パヴリーンは静かに引き剝がされた。

「……これまでなんとか頑張ってみたが、今後もお前を女として見られる自信がない。だからお前とは、もう寝ない」

――まるで、巨大な岩で頭を殴られたような感覚。

なにか言わなければと思うのに、言葉がうまく口から出て来ない。

「本当にすまない。……パヴリーン。もう、俺を夢から解放してくれ」

「……っ！」

パヴリーンは弾かれたようにアスピスの顔を見上げた。いつもなら優しく見下ろしてくれる青い目が、今は冷たく逸らされている。

「そっ……かぁ、わかった。うん、わかったよ」

全身が凍えるように冷たい。おかげで涙がすっかり止まってしまった。

「ご、ごめんね。これまで、色々とわがままを言って。迷惑だったよね」

「……別に、わがままとも迷惑だとも思ったことはないよ。それと、魔力の相互供給については心配しなくていい。俺のほうはどうにかなることがわかったから」

「そう、なんだ。よかった、さすがにこの状況で、相棒を失うのは困るもの」

かろうじて笑みを浮かべることができた。パヴリーンは泣くのをこらえながら、内心で表情を取り繕えたことに安堵する。

もう、アスピスの心は手に入らないのだ。それなら、これ以上の醜態を晒したくはない。

恋人でいられないのなら、彼にとって誇れる相棒でいなければ。

「あ、じゃあ、私もう行くね。また明日」

仮説を伝えて相談するつもりだったが、さすがに今は冷静に話ができる自信がない。

「……あぁ、また明日な」

パヴリーンはアスピスから離れ、両目を閉じて〝起きる〟体勢に入った。

(アスピスは悪くない。彼はどこまでも誠実だわ。だって、嘘の〝愛してる〟を軽々しく口にすることはなかったもの)

結局、自分は母のような人生を送ることができない運命なのだろう。

愛した人に深く愛され、心から大切にされている母。

愛した人へ強引に愛を押しつけ、結果失ってしまった自分。

「あはは、むしろ真逆じゃない」

目の前に白い靄が立ち込めてくる。もう、彼の人間体を目にする機会は二度と来ないのだろう。

文字どおり、夢から覚める時が来たのだ。

＊＊＊＊＊＊

愛しい女が白い靄に包まれていく姿を、アスピスは黙ったまま見つめていた。

「泣かせたくは、なかったんだけどな……」

だが、これでよかったのだ。

男たちに押さえつけられたパヴリーンを見たあの時。

手足が震えるような恐怖に襲われ、冷静さなどどこかへ吹っ飛んでしまった。

どれだけ叫んでも喚いても、人化することができない自分にはどうすることもできない無力感。

パヴリーンの手から離れてしまったら、自分はただの銃なのだ。

まったく、なんの役にも立たない。

あの時ゼアが間に合わなかったら、と思うとゾッとする。もう、思い出したくもない。

『……俺が人間のままだったら。いや、せめて人化できれば、あいつをあんな目にはあわせなかったのに』

アスピスは意識の目を横に向けた。

パヴリーンはこちらに背を向けている。顔が見えない分、眠っているのか起きているのかよくわからない。

（そういえば、離れて寝るのは久しぶりだな）

いつもパヴリーンはアスピスに抱き着いて寝ている。

正確には、銃を腕に抱き込んで眠っているのだ。自分の形状を考えると眠っている間に肌を傷つけるかもしれない、と何度も離れて寝るよう言ったのに、パヴリーンは耳を貸そうとしなかった。

（……俺は、間違っていない。間違っていないはずだ、絶対に）

パヴリーンは可愛い。おまけに明るくて素直で意地っ張りで、それでいて繊細な優しい心を持っている。真面目で努力家な一面も、無邪気な好奇心もなにもかもが愛しくてたまらない。

だからこそ、その手をつかむことができる、本当の意味で支えてやれる男こそが彼女に必要な存在なのだと思う。

パヴリーンに告げた「魔力の供給はなんとかなる」というのはもちろん嘘だ。

ここから緩やかに、自分は力を失っていく。

そしてただの置物の銃となり、最後は使い道のないガラクタへと成り下がる。

あと、どれくらいの時間パヴリーンと一緒にいられるのだろうか。

（……今さら考えても仕方がない。突き放したのは俺のほうなんだから）

アスピスは意識をパヴリーンから引き剝がし、無理やり〝眠り〟についた。

到底眠れる気分ではなかったが、こうでもしないと夜通しパヴリーンを見つめてしまいそうな気がする。あまりにもみっともない未練がましさに、思わず笑いすらこみあげてくる。

——解放しなければならない。

彼女とともにずっと歩んで行けるかもしれない、などという愚かな夢に囚われていた自分を。

「エリキウス！」

澄んだ声で名を呼ばれ、ふと目を覚ました。

目の前には、この前とはまったく異なる光景が広がっている。

そこは、黄金色の小麦畑ではなかった。

そこかしこから立ち昇る黒煙。崩れた城壁。右往左往する血まみれの兵士。

気がつくと、自分も刃先が深紅に染まった剣を持っていた。

「エリキウス、大丈夫？」

心配そうな声。視線を動かすと、若葉色の瞳と目が合った。心配と不安を両目に宿しな
がら、こちらをじっと見上げている。

「あ、あぁ、俺は大丈夫だ。お前は？」

「私も平気。それより急いで。生き残った侍女や近衛兵が持ち出せるだけ荷物を持ち出し
ているの。馬車も二台だけ確保できているわ。これでヘルブラオまでなんとか逃げられる」

若葉色の瞳の娘、恋人はこの前と同じ布をかぶったまま、柔らかに微笑む。

「私もすぐに行くから、あなたは先に正門へ向かって」

「お前は？　どうして一緒に行かないんだよ」

そう言うと、恋人は少し困ったように首を振った。ドレスの襟元に縫いつけられている、妖精の羽根のようなレースがひらひらと揺れる。

「大切な用があるの。それを済ませたらすぐに行くわ。……お願い、早く行って。これは私にしかできないことなの」

――行くな、行かないでくれ！

頭の中とは裏腹に、口は勝手に違う言葉を紡いでいく。

「わかった。ただし、合流があまり遅くなるようなら迎えに行くからな」

「いいえ、来ないで。私は大丈夫。愛しているわ、エリキウス」

その〝大切な用〟とやらはなんなのだろう。よほど重要な仕事なのだろうか、恋人の顔色は緊張のせいか心なしか青ざめている。

「愛してるよ、俺の可愛いメル。……できるだけ急げよ」

わざとからかうように言うと、恋人は小さく頷き駆け出していった。

その場から走り去る恋人の背を黙って見送っていると、いきなり強い風が吹く。

強風にあおられ、恋人の髪を包んでいた布がはずれた。

葡萄色の長い髪が、風の中を舞い踊る。〝エリキウス〟は葡萄の髪が見えなくなるまでその場に立ち、やがて踵を返し反対の方向へと駆け出した。

——馬鹿野郎！　一人で行かせるな、今すぐ彼女のあとを追えよ！

だが、何度叫んだところで過去を変えることなどできはしないということは、嫌になるほどよくわかっていた。

今、自分は過去の夢を見ている。それがどうしようもなく辛い。今すぐ目覚めたいのに、まとわりつく過去が逃がしてくれない。

無数の黒い手と化した過去の記憶につかまれ、アスピスの意識は別の場所に引きずられていく。


「エリキウス！」

先ほどとは異なる甲高い声で名を呼ばれ、〝エリキウス〟は声が聞こえた方向に振り返った。

「早く馬車に乗って！　脱出するわ！」

馬車の窓から、若い女が身を乗り出している。

両目だけ出した状態で、髪も身体も黒い布で覆われていた。

馬車に近づき窓から中をのぞく。中には数人の女が乗っていたが、全員が同じように黒い布で身を包んでいた。

「エリキウス、行きましょう。もうすぐ日が暮れるわ。夜の闇に乗じて逃げれば我々を追っては来ないはず！」

女は片手を差し出している。

その手をじっと見つめながら、〝エリキウス〟は静かに首を振った。彼女を一人で残して逃げることなどできない。それに、約束したのだ。

迎えに行く、と。

それに対して彼女は「来ないで」とは言ったが「待たないで」とは言っていない。

「俺は、ここに残ります」

「ど、どうしてなの⁉　生き残った騎士の数も足りないし、あなたがみんなを守ってくれないと困るわ……！」

女は怒りに満ちた眼差しを向けている。不安なのだろう。

彼女だけではない。騎士も侍女も、王族付きの者は国から出たことがない者ばかりだ。

異国に逃亡しようとする今、少しでも戦力が欲しいのはよくわかる。

「大丈夫です。俺の仲間は、聖帝騎士団は全員優秀ですから。それに、あとから必ず二人で追いつきます」

だが〝エリキウス〟はその申し出を拒んだ。

その様子を俯瞰《ふかん》で眺めているアスピスは、深い安堵の息をつく。

これでいい。エリキウスの選択は間違っていない。あの葡萄色の髪、パヴリーンから聞いた知識で判断するなら城に向かった彼女は皇女で間違いない。

自分の恋人が皇女インウィディアだったのなら、場を仕切っているこの女はおそらく国が滅びたあとも生き残ったという侍女グラーディア。

「……わかったわ。あなたがそこまで言うのなら、我々は先に行きます。城に行くのなら、厩舎《きゅうしゃ》の横を抜けていくといいでしょう。馬を全部解き放ったから、革命軍はその道にいないはず」

「ありがとうございます」

〝エリキウス〟は肩にかけていたマントを外し、それで女の上半身を包んだ。女はそっと手を伸ばし、優しい手つきで乱れた髪を右耳にかけてくれた。

「国境近くは冷えますから、温かくしていてください」

「エリキウス……」

悲しげな顔の女に一度微笑みかけたあと、〝エリキウス〟は馬車に背を向け、城に向かって急ぎ駆け出していく。

そこで再び周囲の景色が変わった。

黒い手は〝エリキウス〟の全身を絡め取り、今度は霊晶石が煌《きら》めく洞窟に引きずっていく。

もはや、抵抗する気も起きない
これはきっと、大切な存在を守り切れなかったくせに都合の悪い記憶はすべて忘れ、新しい恋に浮かれていた愚かな男に対する罰なのだろう。

ならば、甘んじて受けるしかない。


「はぁ、ようやく終わった。それにしてもしぶとかったな、この護衛騎士。皇女は槍で一突きしたら、あっという間だったのに」

「あんな皇女に最後まで忠誠を尽くすなんて、哀れとしか言いようがない。骨が折れるくらい皇女の手を握り締めていたのには、少し驚いたがな」

——これはすでに見た過去に繋がる光景だろうか。

おそらくそうだろう。全身が、熱を発しているように熱くて痛い。今、この身体には槍やら折れた刃やら、様々な武器が突き刺さっているはずだ。

唯一動く眼球を横に向けると、数人分の足が見えた。

「本当にここへ捨てていいのか？　湖に沈めたほうがよくないか？」

「いや、万が一浮いてきたら困る。洞窟《ここ》は夜になると毒虫が出てくるから中に入ろうなんて者はいないだろうし、熊が巣に使うなら死体を食べてくれる。こいつの存在を消しておけば皇族を守るために存在する護衛騎士にすら見捨てられた哀れな皇女、として王家の衰退を印象づけられる」

「なるほど。じゃあ、さっさとこんなところから出よう、もうすぐ夜になる」

やがて、足音が遠ざかっていく。途切れそうな意識の中、〝エリキウス〟は両の目からこぼれ落ちる悔し涙を感じながら、ゆっくりとその生涯を終えた。

＊＊＊＊＊＊

翌日の朝。

パヴリーンは身支度を済ませたあと、ベッドの上に横たわるアスピスの前でひそかに深呼吸をした。

昨夜は熟睡することができず、夢《ゆめ》と現《うつつ》の狭間《はざま》を行き来していた。

悲しくて情けなくて、こんなことならアケルに来るんじゃなかった、と後悔さえした。

だからだろうか。ようやく眠れたかと思うと、なんだか妙な夢を見てしまった。それは暗闇の中で、必死に誰かに向かって手を伸ばしている夢。

結局、誰にもつかんでもらえないうちに、目が覚めてしまった。

きっと、まだ昨日のショックが尾を引いているのだろう。だからこんな妙な夢を見てしまったのに違いない。

パヴリーンはベッドを見下ろした。枕が涙で濡れている。無言でシーツを引っ張り、それで枕を完全に覆った。

「おはよう、アスピス」

さりげなく挨拶をしたつもりだが、口の中は緊張で乾いている。けれど、いつまでも情けなく落ち込んでいる場合ではない。

自分はアスピスの〝相棒〟なのだ。気持ちをしっかり切り替えておかないと、相棒ですらいられなくなってしまう。

『……あぁ、おはよう』

無視される可能性も考えてはいたが、アスピスは返事をしてくれた。ただそれだけが本当に嬉しくて、たった今誓ったばかりなのにもう泣きそうになってしまう。

「パパはどうしているかな」

『もう、空港にいる』

「えー、こんな早い時間に帰るの？　よっぽど早くママに会いたいんだね」

さらりと明るく言いながら、心は暗く澱《よど》んでいる。

羨ましい。ここまで、父に必要とされている母が。

「あ、えっと、朝食が終わったらまずは協会にいくね。昨日受けた依頼はちょっとキャンセルさせてもらう。それで、ティアーラたちに連絡をしてもらってもいいかな。確か聖霊遺跡発掘をしている学者さんの護衛をしていたって言っていたから、魔砲士の手がつけられていない遺跡があったら教えてもらいたいの」

『……わかった』

「うん、よろしく。じゃあ私、食堂に行ってくる」

パヴリーンはアスピスを置いたまま、階下の食堂へ向かった。

（彼と離れるの、久しぶりかもしれない。色変えの薬を作ってもらいに実家へ帰った時以来かな？）

昨日までは、着替えたらすぐに腰の銃嚢にアスピスを差しこんでいた。

よく考えれば、朝食の場にも銃をぶら下げていたパヴリーンを、宿の老夫婦はどう思っていたのだろう。

「頼っているだけだと思っていたけど、さすがに依存しすぎだよね。これまでの距離感がおかしかったんだわ、きっと」

ともかく新しい銃を、できれば神銃を手に入れておきたい。

両親にはどう説明しようか悩むところだが〝幼い恋心は捨てて大人になった〟とでも言っておけば大丈夫だろう。

色んな意味で、自分は大人になる必要がある。

パヴリーンはいまだ血を滲《にじ》ませる心を抱えながら、一歩一歩、階段を下りていった。

＊＊＊＊＊＊

階段を下りていく音。

そして部屋の中から、パヴリーンの気配が完全に消えた。

――パヴリーンの銃《もの》になって以来、離れ離れになったのは二回目だ。ただ、一回目は彼女が実家へ帰るとわかっていたから特になにも思わなかった。けれど今は、置いて行かれたことにひどく傷ついている。そんな自分に、いい加減嫌気がさしてくる。

『ティアーラにモニーレ、今いいか？』

余計なことを考えないように、ひとまず姉妹銃に念話で話しかける。

『あら、おはようございます。どうしましたの？　まだ朝の早い時間ですわよ？』

『おはようございますぅ。お年寄りは朝が早いってぇ、本当なんですねぇ』

十数秒ののち、姉妹からそれぞれ言葉が返ってきた。

モニーレの物言いに多少の苛立ちを覚えたものの、余計な話はせずただ本題のみに触れる。

『お前らは聖霊遺跡を発掘する学者を護衛していたんだろ？　アケル国内でどこか魔法武器が未発掘の聖霊遺跡を知らないか？』

『わたくしたちが護衛に携わった聖霊遺跡は中規模と小規模のもの、二つありましたけれど、もし霊銃狙いでしたらお気の毒ですわ』

ティアーラの返答に、アスピスは溜め息を吐いた。

『まさか、カルケウスが見つけてもう契約したとか？』

落胆の声を、モニーレが否定する。

『違いますよぉ、霊銃の気配ではなかったんですぅ。中規模のほうが妖剣でぇ、小規模のほうは聖弓でしたぁ』

『……そうか、困ったな』

聖霊遺跡から発掘される魔法武器は、一つの遺跡から一つしか出現しない。自分が霊銃としてそう長くない以上、パヴリーンに一刻も早く新しい武器を持たせてやらないといけないというのに。

『早急に霊銃がお入り用ですの？』

『いや、パヴリーンがもう一丁霊銃が欲しいっていうから探しているんだよ。こうなったら協会保管の霊銃がないかどうか、訊いてみるしかないな』

協会には引退したり亡くなったりした魔砲士の霊銃が保管してあることがある。

だが霊銃は稀少で貴重だ。ほとんどの魔砲士が、自分になにかあった時のために遺言書のようなものを書いている。

だからいわゆる〝無縁霊銃〟はそうそう存在しないのだ。

『悪いな、ありがとう』

『あの、ちょっとお待ちになって』

念話を切ろうとしたその時、ティアーラが声をかけてきた。

『……あ？　なに？』

『いえ、パヴリーンは今まで貴方以外の銃を使わなかったのに、どういう風の吹き回しなのかと思った次第ですわ』

予想外の言葉に、思わず言葉に詰まる。だが、本当のことなど言えるわけがない。

『あいつも色々と忙しくなってきたからな。俺だけじゃ間に合わないんだろ』

『んー、そうですか。わかりましたわ、では、これで失礼いたします』

ティアーラはそれ以上食い下がることなく、ほどなくして念話は切れた。

口ぶりからしてなにか思うことがあるようだったが、あの姉妹は非常に察しがいい。

なにをどう訊いても、アスピスが口を割ることはないとわかったのだろう。

『……パヴリーン』

胸が切なく痛む。名前を呼んでも、あの可愛らしい声は聞こえない。

それなら、と過去の恋人の名を呟く。

『……インウィディア』

なぜか募る怒りと苛立ち。愛しさなど欠片も湧きあがってこない。これは自分自身に対する罰、もしくは怒りなのだろうか。

結局、現在《アスピス》も過去《エリキウス》も、大切な女を幸せにできていない。

何年経とうが姿かたちがどれだけ変わろうが、成長をしない者はしないのだと、アスピスは自らを嘲笑った。

＊＊＊＊＊＊

朝食を済ませたパヴリーンは、寄り道をすることなく魔砲士協会へと向かっていた。

「連絡ありがとう、アスピス。」

『別に、どうせ定期連絡を兼ねていたからな。パパと約束してただろ』

「うん、そうだね。それにしてもせっかくの遺跡、霊銃を擁していなかったのは残念だったな。ひとまず協会に行って保管してある霊銃がないか訊いてみる。なんならアケルにいる間ずっと、パーニスさんに組んでもらえるかお願いするつもり」

正直、二人組で仕事をする必要性はない。けれどアスピスを使う回数をできるだけ減らしたいのだ。

もう一丁の霊銃が見つかるまでの期間限定とはいえ、誰かと正式に組む。はじめてのことだが、状況によってはパヴリーンの個人事務所に引き抜くことを考えてもいいかもしれない。

『……パーニス？　あの男と？』

「うん、そう。アレーナもなかなか優秀な銃《こ》みたいだし、パーニスさんいい人だし安心かなって」

『……そう、か』

「ただ、いきなり言って引き受けてもらえるかどうか、わからないけどね」

軽い口調で言いながら、パヴリーンは自己嫌悪に陥っていた。

今言ったことは本当だが、人間の男と組むと言ったらアスピスが嫉妬してくれるのではないか、とひそかに期待をしてしまったからだ。

あれだけきっぱりと拒まれたのに、いつまでも未練がましい自分が本当に情けない。

(でも、小さい頃からずっと好きだったんだもの。いきなり気持ちを切り替えるなんて無理だよ……)

歩きながら、ふと己の両手を見つめた。昨日見た夢の中で、誰にもつかんでもらえなかった手。

なんとなく物悲しい気持ちで目覚めたせいで悪夢だと思い込んでいたが、ひょっとしたらこの手をつかんでくれる人と出会う、という前向きな予知夢に近いものかもしれない。

『……どうした?』

不意にかけられた声に、パヴリーンは目を見張る。

まさかアスピスから話しかけてくるとは思わなかった。喜びに弾む胸を必死でなだめながら、素知らぬ顔をつらぬく。

「昨日、見た夢のことを考えていたの」

『夢……? どんな?』

「ええとね、まず辺りが真っ暗なの。人の声が聞こえるような、聞こえないような、って感じで、私はすごく悲しくて寂しい気持ちなのね」

訊いてきたわりに、アスピスはなにも言わない。

パヴリーンは肩を竦めながら、続きを話し始める。

「それで私は〝誰か〟になのか、〝なにか〟になのかわからないけど、ともかく必死で手を伸ばすの。でも伸ばした手は誰にもつかんでもらえなかったし、なにもつかめなかった。もう、なんていうの？　絶望的？　そんな気分のまま、目を覚ましたってわけ」

夢はそこで終わっている。けれど、やっぱりアスピスは無言のままだ。

もしかして別れを告げられた僻《ひが》みに聞こえただろうか、と不安になり、慌てて先ほどの〝前向きな予知夢〟を口にする。

「だけどほら、夢って反対の意味もあったりするじゃない？　だから新しく手を握ってくれる人が見つかる前触れかもしれないなって――」

――そこまで口にしたところで、パヴリーンは思わず口元を押さえた。

この言い方ではますます嫌みっぽく聞こえる。

「ま、まぁ、所詮は夢なんだから、気にしないことよね」

あれだけきっぱりとフラれているのに、今さらなにを取り繕おうというのか。

我ながら面倒くさい女すぎて笑えてくる。おまけに、この重い空気をどうしたらいいのかまったくわからない。

「協会に無契約の霊銃、置いてあるといいな」

もうこうなったら話をなかったことにするしかない。少々強引ではあるが、夢の話はなかったことにしてしまおう。

そう決め、どうでもいい話をつらつらと喋る。これは独り言なので、返事がなくても傷つくことはない。

「あ、ラオインにお土産でも買っておこうかな。それで彼女の話を根掘り葉掘り……」

「パヴリーン⁉」

角を曲がった時、驚いたような声で名を呼ばれた。

パヴリーンは即座に声の聞こえた方向、つまりは通りのちょうど反対側へ顔を向ける。

そこには両目を大きく見開き、こちらを呆然と見つめるウルラがいた。

「あ、ウルラ。おはよう、早いね」

ウルラは青い顔のまま、こちらにふらふらと近寄ってくる。

なぜ、そんなに蒼白な顔をしているのだろう。パヴリーンは不思議に思いながらも、近寄ってくるウルラに向かって笑顔を向けた。

「どうしたの、ウルラ。そんなに怖い顔して」

「パヴリーン、あなた大丈夫だった⁉」

ますますわけがわからない。一体なにが〝大丈夫だった？〟なのだろう。

「え、なんで？　どうしたの？」

「可哀そうに……！　辛かったでしょう？　ねぇ、どこか痛いところはない？」

「辛かった……？」

心底不思議そうなパヴリーンに気づかないまま、ウルラはなだめるように立ち尽くすパヴリーンの両腕を撫でている。

「無理して外出をしないほうがいいんじゃないかな。病院へは行った？　あんな目にあったんだからきちんと検査はしておいたほうがいいよ？　霊銃は私が預かってあげてもいいし」

「あー……、うん。病院ね、そうだね」

言いながら、パヴリーンは目線だけ動かし右横を見た。

ここを右に曲がって道なりに進めば、ほどなくして魔砲士協会が見えてくる。

今度は左に目を向けた。

人気のない林道に続く細い道。

一瞬で答えを出し、パヴリーンはウルラに笑顔を向ける。

「ウルラ。ごめん、ちょっと話を聞いてくれないかな。あれからずっと怖くて、震えが止まらないの」

「もちろん！　あ、よかったら私の家に来る？」

ウルラの申し出に、パヴリーンはゆっくりと首を振った。

「ううん、大丈夫。ただちょっと人には聞かれたくない話なんだよね。えぇっと、こっち、こっちの道なら人がいないから、ちょうどいいかな」

パヴリーンは左側の道を指差した。

「いいよ。ゆっくり聞くから、落ち着いて話してね。大丈夫、女同士なんだから心配しなくていいよ」

ウルラは笑みを浮かべながら、優しい眼差しでパヴリーンを見つめている。

『……パヴリーン、なにを考えている？』

これまで無言だったアスピスが話しかけてきた。どこか警戒するような声。だがそれには答えず、パヴリーンは自ら細い道に足を踏み入れた。

「そういえばパヴリーン、昨日ラクと会ったんだって？　なにか情報はあった？」

「そうね、襲われた時の状況を聞いたくらいかな。……大切な相棒を失って、すごく落ち込んでいたわ。ウルラ、パーニスさんと知り合いなの？」

ウルラは頷く。

「ええ、まぁね。残念だよ、ラクは優秀な魔砲士なのに。早く新しい霊銃が見つかるといいんだけど」

「そっか。さすがにウルラは知り合いが多いね」

「そんなの、長くやっているからだよ。別に人望があるとか、そういうのじゃないから」

照れたように肩を竦めるウルラの前を歩きながら、パヴリーンはそっと腰のアスピスに手を触れた。

『……パヴリーン』

「アスピス、全力でいくからね」

そう呟くと、パヴリーンはアスピスを引き抜き、その銃口をウルラに向けた。

「えっ⁉　ちょっと、どうしたの？」

ウルラは両手をあげながら、戸惑ったような顔をしている。パヴリーンは銃口をそらすことなく、つい先ほどまでは尊敬していた女魔砲士を睨みつけた。

「どうして、知っているの？」

「知っているってなにが？　一体なんの話？　パヴリーン、とにかく銃を下しな。今なら後輩のおふざけってことで許してあげなくもないよ」

低くどすの利いた声。

特に驚きはしないし意外性もない。おそらくこれが、彼女の本性なのだろう。

「私が男たちに襲われたのを、どうしてウルラが知っているの？　あぁ、〝病院から出てくるところを見た〟とでも言うつもり？　でも残念ね。私は病院に行っていないの」

「み、見た人がいたんだよ！　あんたが男たちに襲われているのを、見たっていう人が！」

パヴリーンはアスピスの引き金を引き、ウルラの足元に向けて発砲した。

腐毒の弾丸は地面を抉り、砂利をたちどころに腐らせていく。

「なるほど。私が男に襲われているのを見た。で、その人はなぜか憲兵に通報することもせず逃げ、それを知人であるウルラに話した、ってこと？　でも私の元に憲兵が聞き込みにくることはなかったな。あれ？　ウルラは知人さんから私が性被害を受けたかもしれない話を聞いていながら、憲兵に通報してくれなかったの？」

ウルラの顔に、一筋の汗が流れた。

「……あなたが彼らを雇ったのね。今思えば、あなたは色々と不自然だった。私の父を知っているのにそれを言わなかったし、そもそも私は最初に会った時、シーニーから来たことを一言も話していない。それなのにあなたはこう言った。〝霊銃一丁だけでわざわざシーニーからアケルまで来たの？〟って」

「別に、忘れていただけよ。ゼア・ヘルバリアと仕事をしたのはずいぶん前の話だから」

両手をあげたまま、ウルラはじりじりと後ろにさがっていく。

それに合わせパヴリーンも前進し、ウルラとの距離を徐々に詰める。

『待て、パヴリーン！　あまり近づくな！』

「黙ってて、アスピス。この人は霊銃狩りの犯人である可能性が高い。ここで逃がすわけにはいかないの」

アスピスの制止にも耳を貸さず、パヴリーンはウルラを睨《にら》みつける。

「待ちなよ、わたしが霊銃狩りの犯人？　どこにそんな証拠があんの？」

ウルラは視線を合わせないまま、鼻で嗤《わら》った。

だがパヴリーンは笑わない。

「ラク・パーニスさん。ウルラ、あなた本当は彼のことをよく知らないんでしょ？」

「はぁ？　なんでそう思うわけ？　彼の霊銃は神銃ネムス。ほら、名前だって知っている仲だよ？」

パヴリーンは奥歯を嚙み締めた。

間違いない。犯人はこの女《ウルラ》だ。

「確かにパーニスさんの銃はネムス。でも、もう一人いるのは知らなかったの？　お友達なのに？」

　ウルラはあげていた両手をおろし、胸の前で軽く振った。銃を腕に隠していたのだろう、ウルラの両手に黒光りする二丁の銃が現れた。

「わたしだって自分の銃を全部教えているわけじゃないよ。まったく話になんないね。大体、わたしも襲われたんだよ？　それで霊銃を壊されたって言ったよね？」

「それは嘘。だって〝大柄な男〟に襲われたって言っているのはあなただけだもの。パーニスさんも他の被害者も、後ろからいきなり銃撃されたって言っていた」

　静かに見つめるパヴリーンに向けて、ウルラは銃をゆっくりと構えた。

「……あーあ。やっぱり自分の手口を言うべきだったわ」

　ウルラはなにがおかしいのか、ケラケラと笑っている。パヴリーンはアスピスを握る手に力をこめた。

「あなたって最低な人。それで、霊銃狩りの目的はなに？」

「おやおや、ひどい言われようだね。ところで、なんでわたしが霊銃狩りの犯人扱いされているわけ？」

　ウルラは憤慨したように舌打ちをした。

「じゃあ質問を変える。あなたは〝誰〟を探しているの？」

『誰、だと……？』

　呆然としたアスピスに、パヴリーンは溜め息をこらえながら答えた。

「私の仮説。霊銃狩りの犯人は中位ランクの霊銃ばかり狙っている。アスピス、以前あなたから低ランクの銃は元鳥獣や魚類、昆虫類って教えてもらったでしょ？　だから中位ランクの霊銃はすべて元人間なんじゃないかと思ったの」

『お前、なんで、それを……』

パヴリーンは目を伏せた。

「なんでそれを知ったのか？　知ったっていうか、自分なりに持っている情報をまとめながら推理したたけ。ちなみにこの話をしようとしたら別れ話をされちゃったから、なにも言えずに今に至る、ってとこね」

ただ、仮にあの時〝仮説〟を披露したところで、アスピスとの関係が今までどおりだったかどうかはわからない。

「まぁ、それはいいとして。それで私は、犯人の目的は中位ランクの霊銃になった〝元人間の誰か〟を探しているんじゃないかと思ったの。どうやって相手を見つけているのか。それはおそらく、霊銃同士の念話」

パヴリーンは一度目を伏せ、再びウルラを見つめた。脳裏に、アスピスの言葉が蘇ってくる。

――こっちは慣れない自己紹介ってやつをやったのに、うんともすんとも言いやしねぇ。

「……あなたは、自分の霊銃をスパイにしていたのね。それで霊銃同士が会話できるのを利用して、噂をじわじわ広めていった。クニークルスの銃が持っていた情報が間違っていたのは又聞きだったからなのかもね」

ウルラは肩を竦めながら、右手に持った銃を軽く振った。

「あんたの父親と仕事をしたあとで手に入れたこの霊銃に、夢で会った時にはすごく驚いたよ。こいつは盗掘犯でね、盗みに入った聖霊遺跡の崩落に巻き込まれて死んだ間抜けな男でもあり、霊晶石の下敷きになったおかげで霊銃として蘇った運のいい男でもある。ちなみに左手《こっち》の銃はこの男が飼っていた鸚鵡《オウム》。鳥なのに空を飛べない霊銃に生まれ変わるなんて、運がいいんだか悪いんだかってとこだね」

『なるほど、だからあの時、俺が話かけてもなにも喋らなかったのか。忠誠心の高い盗掘犯だな』

軽蔑に満ちたアスピスの声。

ウルラを見つめながら、パヴリーンはあることに気づいた。彼女の目は、先ほどからずっとパヴリーンを見ていない。

その視線は、パヴリーンの手に握られているアスピスに固定されている。

「ま、そんなことどうでもいいけどね。じゃあ、いい加減に返してもらうよ、私の愛する男を」

「愛する男……？　誰のこと？」

いきなり男を返せと言われ、パヴリーンは戸惑う。だが、ウルラの粘ついた視線はアスピスから離れることはない。

「本当に、あんたは私の邪魔ばかりしてくれるわね。まさか今世でも私の男に手を出すなんて。待っていてね、エリキウス。必ずあなたを奪い返してみせるから」

「え、男をとったって、あの略奪されたってやつ？　待ってよ、なんで私なのよ。私はあなたの彼氏なんか知らないわよ」

話がいきなり妙な方向へと進んだ。

パヴリーンはさりげなく横へ移動し、ウルラから離れていく。なんだか、胸騒ぎがする。

「うわ……っ⁉」

手の中のアスピスが急に重くなった。思わずアスピスを落としそうになり、慌てて両手で銃身を支えた。

「ちょ、ちょっとアスピス⁉　どうしたのよ！」

『俺、俺は違う、お前は、誰だ……？』

「なに？　なにが違うの？　ねぇ、しっかりしてよ、アスピス！」

『あぁ、クソッ！　肝心な部分が思い出せねぇ！』

苦悶《くもん》の声とともに、アスピスの重量が増していく。さすがに支えきれず、パヴリーンは地に両膝をついた。

「アスピス！」

「エリキウス！」

どこかうっとりと上気した顔で、ウルラが近づいてくる。アスピスを奪うつもりだ。

そう直感したパヴリーンは咄嗟にアスピスを置き、その前に立ち塞がった。

「どういうつもりよ、ウルラ！」

ウルラは唇を三日月型に歪めている。

「ねぇ、パヴリーン。あんたの言うとおり、中位ランクの聖霊武器は、霊晶石の近くで命を落とした元人間。純粋な霊晶石の結晶でもなければ、鳥獣魚類でもない。だからちょうど両者の間にあたるランクってことね」

「そ、それで、エリキウスって、誰なの？」

誰、と訊きながらも、薄々見当はついている。

おそらく、アスピスが人間だった時の名前だ。

だがアスピスは五百年以上前の人間。なぜ、その名前をウルラが知っているのだろう。

「言ったでしょ？　エリキウスはわたしの恋人。このわたし、皇女インウィディアの、ね」

「皇女……？　インウィディア……？」

「えぇ、そう。あんたも歴史で学んだでしょ？　皇女は護衛と愛し合っていたって」

パヴリーンは頭痛をこらえるように顔をしかめながら、首を横に振った。

「ウルラ、あなた……どっかおかしいんじゃないの？」

確かに、人間や動物が武器となり何百年も生きているという事実はある。

けれど、自分を〝滅亡した王国の王女〟だと言い張る輩をそう簡単に信じることなどできない。

「わたしを狂人呼ばわりするなんて、相変わらず生意気ね、グラ、、ーディ、ア、」

「……え？」

パヴリーンは目を瞬かせた。

グラーディアとは、キルシウム帝国唯一の生き残りと言われている侍女の名前だ。

その名前で呼ばれる意味がまったくわからない。

わからないのに、震えるほどの恐怖がパヴリーンを襲っていた。

「ど、どうして、私をグラーディアと、呼ぶの……？」

呟くパヴリーンの視界が、ぐらぐらと揺れる。

――侍女グラーディア。

ただ一人生き残り、ヘルブラオ皇国で手記を残した。

そのあとの行方はわからないが、皇女の最後を伝える使命を果たし、ひっそりと暮らしながら歴史の表舞台から姿を消したと言われている。

歴史を紐解くにあたり、非常に有益な情報を残してくれた彼女《グラーディア》。

だが、一方で皇女の恋人に言い寄ったり燃え盛る城に仕えるべき主を残して逃亡したり、と卑怯《ひきょう》な人物としても記録されている。

「あんたがグラーディアの生まれ変わりだから、よ。決まってんじゃないの。言ったでしょ？　相思相愛の相手を、横から出てきた小娘に略奪されたって」

――ウルラは確かに言っていた。

あの時はなんてひどい女だ、としか思わなかったが、まさかそれが自分のことを指していただなんて。

「エリキウスはわたしの護衛！　わたしは一目見てエリキウスを手に入れたくなった！　だから結婚してあげてもいいと言ったのに、なに？　グラーディアとつき合っている？　ありえないでしょ、一介の護衛が帝国皇女に愛されたのよ？　光栄に思うべきじゃない！　それなのに、こんな女にたぶらかされて！」

パヴリーンはよろめきながら、口元を押さえた。

「待って、知らないわ。だって私、なにも覚えていないもの」

「そうね、アンタはなにも覚えているはずがない。それでよかったの」

そう言うとウルラはアスピスに手を伸ばし、銃把を握って持ち上げた。

「アスピス！　だめ！」

だがパヴリーンの願い空しく、アスピスはあっさりとウルラの手の中におさまった。

「あぁ、エリキウス。やっとわたしのもとに戻ってきてくれたのね。アケルの協会内で会った時、小娘のことはグラーディアだとすぐにわかった。あなたが小娘の腰にぶら下がっているのを見ると涙が出そうだったわ。ごめんなさいね、辛かったでしょう？」

甲高い猫撫で声が気持ち悪くて、鳥肌が立つ。けれど、アスピスはなにも言わない。

「ま、待ってよ、どうしてアスピスが〝エリキウス〟だと……」

「そんなの、惹《ひ》かれ合う運命だからに決まっているじゃない」

ウルラは小馬鹿にしたように笑った。

「……と、言いたいところだけど実を言うと過去の記憶が戻り出したのはシーニーで開かれた会合に出席してから。何度生まれ変わっても過去をすべて覚えていたのに、年月が経つうちに記憶の鎖が外れたのか今回の人生ではなにも覚えていなかった。子供のあんたも来ていたよね？　憎い女の生まれ変わりと接触したから記憶が刺激されたんだろうけど、完全に記憶が戻るまではわけのわからない憎しみと悪夢にうなされる毎日で最悪だった」

アスピスを抱き締めながら、熱に浮かされたように空を仰ぐウルラ。

パヴリーンの胸に、これまで感じたことのない激しい怒りと嫉妬が滾《たぎ》る。

「蘇る記憶を辿って、エリキウスの遺体が聖霊遺跡として発見されることになった洞窟に捨てられたことを思い出した。そこで現在の魔砲士としての知識が生きたんだね、確信した。わたしのエリキウスは霊晶石に魂を吸収され、霊銃になったのだと」

「……だから、アケルで中位ランクの霊銃ばかり狙ったのね。霊銃狩りが始まった時期を考えると、皇女インウィディアとして完全復活したのはつい最近ってことか」

ウルラは頷きながら腰に収めた己の銃に触れた。

「最初はこいつに手当たり次第、聞き込みをさせていたんだけどね。割と早い段階で気づいたの、中位ランクの銃が元人間なんだって。だから名前や容姿を聞き出させた。ま、記憶が曖昧なやつもいるし名前はあてにしていなかったけど」

「……アスピスじゃないってわかった霊銃を破壊していたのはなぜ？　違ったなら違った

で、そのまま終わらせておけばいい話じゃない！」

アスピスは赤銅色の髪と青い目。

ウルラの言うように名前はともかく、見た目を聞き出せば相手が〝エリキウス〟ではないことはすぐにわかったはずだ。その時点では相手に思惑は伝わっていないわけだし、口封じとは思えない。

「決まっているじゃない、エリキウスを永遠にわたしのものにするためよ」

「意味がわかんない！　どうして他の霊銃を傷つけることがそこに繋がるわけ？」

段々と、背筋が寒くなってくる。

いくらアスピスの前身を知っているとはいえ、この女《ウルラ》は本当に沈みゆく国と運命をともにした、高潔なる皇女インウィディアなのだろうか。

「あのね、いくら姿形が変わっても人間の本質は変わらないのよ。わたしの銃は元盗掘犯。そんなやつの言うことが信用できる？　赤銅色の髪と青い目の男を探せと命じたけど、嘘をついているかもしれないじゃない。契約をしていない銃の人化はどうしたって自分で確認できない以上、エリキウスじゃないとは言い切れないのよ？　でも私のものにならないエリキウスはいらない。それなら、殺すしかないじゃないの」

パヴリーンのこめかみに冷たい汗が流れる。

言っていることが支離滅裂だ。到底まともとは思えない。

「……アスピス。お願い、戻ってきて」

もう、恋人でいたいなんて図々しいことは願わない。ただ、これからもずっと一緒にいたい。

それには、まずこの女から奪い返す必要がある。

「なにが〝アスピス〟よ。わたしのエリキウスを気持ち悪い蛇の名前で呼ぶんじゃないわよ」

「アスピス！　聞こえているんでしょ⁉　なんでなにも言ってくれないのよ！」

ウルラの挑発にのることなく、パヴリーンはただ愛する男にだけ声をかけ続けた。

「あー！　本当に腹が立つ！　せっかく身代わりにして城に追いやったのに、役立たずの革命軍どもはグラーディアの身体を汚していなかった！　だから今回こそはめちゃくちゃにしてやるつもりだったのに！」

短い髪をかきむしりながら、ウルラはヒステリックな叫び声をあげる。そして抱き締めていたアスピスをパヴリーンに向け、その引き金を引いた。

第五章　明かされた真実

俺は一体、なにをやっているのだろう。

アスピスは靄がかかったような意識の中、己が撃ちだした腐毒の弾丸をぼんやりと見つめていた。

弾丸が向かう先には、左の側頭部のみが美しい葡萄色をした、玉蜀黍色の髪の娘がいる。

揺れる葡萄の髪には、赤銅色の飾り紐。

娘は過去の自分であるエリキウスが、心から愛していた恋人インウィディアを見殺しにして隣国へ逃げ去った侍女グラーディア。

そして今、自分を使ったのは黒髪で短い髪の、自分よりもずいぶんと年上の女。

心から愛していたと思しき、皇女インウィディア。

それなのに、目の前で立ち竦む女の傷ついたような表情が、胸を激しく抉っていく。

「見ていて、エリキウス。あの女が今度こそ、無残に命を落とすところを見せてあげる」

『……ちょっと待ってくれ、なにも殺すことはないだろ』

集中し、ほんの少しだけ弾の軌道を変える。

「さようなら、グラーディア」

どことなく狂気を含んだ笑い声が聞こえる。

だが、ギリギリで軌道修正が間に合ったのか、腐毒の弾丸を娘は寸前で地に伏せ躱《かわ》した。

「躱された⁉　この、小娘が！　絶対に逃がさないから！」

インウィディアは歯噛みをしながら悔しがっている。が、アスピスはなぜか安堵している自分に気がついた。

『もういいだろ。やめろ、インウィディア。お前はそんな女じゃなかったはずだ』

だが、どれだけ説得してもインウィディアは話を聞こうとしない。

「エリキウス！　撃って！　撃たせてよ！」

歯を剥き出し、猛り狂う女を落ち着かせるためアスピスは弾丸を放つのを止めた。

過去の記憶ではあれだけ可愛いと思っていたはずなのに、聞き分けのない物言いになぜか苛立ちが治まらない。

『困ったな、どうすれば落ち着いてくれるんだ』

『……残念だけど永遠に落ち着くことはないんじゃないかな。ウルラにはキミの言葉を聞くことはできないみたいだからね』

イライラとするアスピスの耳に、物静かな声が聞こえた。

元盗掘犯だというウルラの銃に話しかけられたと気づくのに、少しだけ時間がかかった。

『……なんだよ、いきなり』

『ん？　だって今日はキミと話をするな、と命令されていないからね』

ウルラの銃は、なぜか非常に楽しそうにしている。

『俺の声が聞こえないってどういうことだよ。パヴリーン……いや、グラーディアとはちゃんと話ができて――』

――違う。なにかがおかしい。

『よーく考えてみなよ、アスピスくん。皇女サマと彼女の違いを』

『インウィディアとグラーディアの違い？　急にそんなことを言われても、俺にはわからない。見た目のことか？』

『違う、違う。一つずつ思い出してみなよ。どうやらアスピスくんは今回の皇女サマと同じで記憶がほとんどなかったみたいだね。僕は覚えていたほうだけど、記憶のすり替わりはわりとあったなぁ。例えば僕が経験したと思っていたことが実はただ〝見たことがあった〟というだけだったり、ね。要は、他人の経験を自分の記憶と勘違いしていたってわけ』

ウルラの銃が口にした意味ありげな言葉に、アスピスは必死に蘇りつつある記憶を繋げた。

皇女インウィディア。今、自分を握っているウルラがその生まれ変わりで、悲しそうな目で自分を見つめているパヴリーンは、侍女グラーディアの生まれ変わり。

そして自分はキルシウム帝国の聖帝騎士にして、インウィディアの護衛騎士だった。

『……この記憶は間違っていないはずだ。なんだかよくわからないが、確信はある』

『うんうん。キミと関連性の高い魂がこんな近くに二つも存在する。その状態で違和感がないなら、その記憶は正しいと思うよ』

自分が守りたいと思っていたのは、主人にして恋人でもあったインウィディア。インウィディアはたった一人で城に残り滅びゆく帝国とともに、革命軍に胸を一突きされて命を落とした。

『いや、待て。なんだ？　なんで俺は……』

――愛してるよ、メル。できるだけ急げよ。

この言葉は、恋人《インウィディア》に向けたもの。

――国境近くは冷えますから、暖かくしていてください。

これは恋人を追う前に、隣国へ避難する侍女《グラーディア》に対して発した言葉。

『……インウィディアは恋人である前に主だったはずだ。それなのに、なぜ俺は』
皇女に気安く接し、護衛騎士よりも身分の低い侍女に敬語で話しかけていたのか。

『……おい、元盗掘犯。お前、さっきなんて言った？』

『さっきってどこのこと？　……って、意地悪をしている時間はあまりないね。皇女サマがぶち切れそう。あれかな、記憶のすり替わりのこと？　僕の経験が、実は他人の経験だった、っていうね』

ウルラは皇女。パヴリーンは侍女。

そこは間違いないはずだ。皇女は葡萄色の髪だと歴史書にも記されている。

パヴリーンがそう言っていたし、実際に被っていた布が外れた時は葡萄色の長い髪が揺れていた。

『……いや、待て。なんで普段から布を被っていた？　それに、落城の時にわざわざ布を外したのはなぜだ？』

布を被っていたということは、普段は葡萄色の髪を隠していたかったから。

そして布を外したのは、髪《それ》を見せなくてはいけなかったから。

——私にしか、できないことだから。

彼女はそう言いながら、微笑んでいた。

『ま、まさか、皇女の身代わり……？』

皇女は葡萄色の髪だったが、侍女もまた葡萄色の髪だった。

稀少なその色を侍女ごときがさらすわけにはいかず、彼女は普段から布を被って髪色を隠していたのだ。

いや、もしかしたら皇女はこういうことが起きた時に、侍女を影武者として使うつもりで傍に置いていたのかもしれない。

『これが本当なら、俺の大切な女は皇女じゃなくて……！』

——侍女のグラーディア。

理解した途端、視界がグラグラと揺れる。

あの時、城に向かったのは皇女インウィディアではなく侍女グラーディア。

本物の皇女は、同じ髪色を持つ侍女を身代わりにして自分だけ隣国に逃亡した。

『……皮肉だけど彼女の言うとおり、人の本質っていうのはなかなか変わらないものだよ。皇族の誇りを抱いて城と運命をともにするような女性が〝悪逆皇女〟なんて呼ばれるはずがないでしょ』

歴史書によると、生き残ったのは〝侍女グラーディア〟のみとなっている。

けれど、自分の記憶の中では他にも侍女や近衛兵は何人かいたはずだ。

『まさか、入れ替わりを完全なものにするために始末したのか……？』

『始末、っていうか、まぁそうなるのかな。僕が魔砲士になった今回の皇女サマと聖霊遺跡で出会ったのは本当に偶然なんだけど、ちょっとびっくりするような縁があってさ。うっかり話しかけたら、色々と訊いてもないことを話してきたんだよね。つまるところ皇女サマ……表向きの身分としては侍女グラーディアね、彼女は逃亡なんかしていない』

『逃亡していない？　でも手記とやらは隣国のヘルブラオ皇国で見つかったんだろ？』

――銃の自分に心臓は存在しないはずなのに、胸の鼓動が激しくなっていくような感覚が走る。

『だから逃げたんじゃなくて堂々と行ったんだよ、ヘルブラオに。革命軍に情報でも流したんじゃないのかな。皇族に仕える者は忠誠心が厚いんだろ？　でも皇女サマは殉死はせず、無害な侍女として振舞うことで生き続けた』

『馬鹿な、嘘だろ……⁉』

アスピスの頭の中を、雷撃が駆け巡るような感覚が走る。

この感覚には覚えがあった。恋人を、グラーディアを失ったあの時と同じ〝絶望〟と呼べるものだ。

『俺は、なんでこんな馬鹿な思い違いをしていたんだ……！』

これまで過去を思い出した時、何度か相反する感情に首を傾げたことがあった。

愛おしいと思いながらも、なぜか憎悪を感じてしまう。

今思えば、それはインウィディアのことを考えていた時だったように思う。

愛しい恋人だと思い込んでいたせいで愛情を感じていた。だが実際は自分とグラーディアの間に割り込んできた、憎むべき相手だったからだ。

『もしかして俺は、いや〝エリキウス〟は気づいていたのか？　皇女が、俺の恋人を身代わりにしたことを』

『気づいたとしても死ぬ直前とかだろうから、どうしようもないよね。皇女サマは〝グラーディア〟として生き永らえたのをいいことに、でたらめな手記を遺して皇女を半ば神格化させた。いやー、悪辣って彼女《自分》のためにあるような言葉だね』

アスピスは後悔に苛まれていた。

自分はなんということをしてしまったのだろう。

霊銃でしかない自分を卑下し、パヴリーンを遠ざけるためにひどい言葉を浴びせてしまった。それは彼女を守るための苦肉の策のつもりだったが、結果的になによりも愛する存在を自分の手でひどく傷つけてしまった。

自分はただ、彼女の心の強さと愛情を信じればいいだけの話だったのに。

段々と、頭の靄が晴れてくる。

パヴリーンの母親を守ってやりたいと思ったのも、彼女がかつての恋人と同じ葡萄色の髪をしていたからだ。

いや、愛するパヴリーンをその身に宿す運命にある女だったから、なのかもしれない。

『……いい加減に離せよ、クソ女』

アスピスは全力でウルラを、皇女インウィディアを拒んだ。

「えっ⁉ な、エリキウス……っ！」

ウルラの手がガクン、と下がった。

「うっ！ な、なに、急に重く……っ」

女の発した苦悶の声が聞こえる。たまらず女はアスピスを手放し、アスピスはそのまま地面に落下した。

『パヴリーン！』

——今さら彼女の名前を呼ぶ資格があるのか。

そう思うよりも早く、アスピスは恋人の名前を呼んでいた。

＊＊＊＊＊＊

わかった。

「アスピス！」

パヴリーンは膝に力をこめ、愛する男の元に駆け寄った。

「わ、わたしのエリキウスに触るな！」

ウルラは肩を押さえている。肩の位置が不自然なことから、脱臼しているのだとすぐにわかった。

「エリキウスなんかいらない！　私が欲しいのは、アスピスだけ！」

動けないウルラの真横。地面を蹴って滑りながら、地に落ちたアスピスを拾う。

武骨な銃は羽のように軽く、そしてどことなく温かい。

パヴリーンは言葉を交わすよりも先に、アスピスをウルラに向けて引き金を引いた。

「アスピス！　ウルラの腕は腐らせなくてもいいからね！」

『はいはい、了解』

「クソッ！　小娘が！」

元皇女とは思えない言葉使いで、ウルラが腰の銃を引き抜く。さすがというべきか、ウルラはいつの間にか脱臼した肩を元に戻していた。

だが、ウルラの銃は反応しない。

「なっ⁉　なぜ引き金が引けない⁉　この役立たずどもが……うぐぁっ！」

腐毒の弾丸が、ウルラの右肘を撃ち抜く。ウルラは悲鳴をあげながら、銃を取り落し地面に片膝をついた。

『もう充分、恩は返した、だとよ』

溜め息混じりのアスピスの声。パヴリーンは土煙に塗れたウルラの銃に視線を向けた。

「ウルラの銃が、そう言っているの？」

『あぁ。まだ人間だった時の話みたいだが、相棒の鸚鵡が皇女の茶会に飛び込んでいたずらをしたことがあったらしい。護衛騎士は鸚鵡を切り捨てようとしたが、皇女が果物の切れ端を投げつけてきたおかげで切られなくて済んだ。その恩を返すために側にいただけなんだと、そいつは言っている』

「恩返し？　それで悪事の片棒を担いでいたの？」

案外と義理堅い盗掘犯のようだが、それとこれとは話が違う気がする。

『俺は過去、遠目だがその光景を見たことがある。そいつは相棒が切られそうになっても、隠れていた物陰から出て来ることができなかったそうだ。騎士の刃を前にして動くことができないのは普通だと思うが、ずっと自分を責めていたんだろうな。だから助けてくれた皇女に恩を感じて、ずっと傍にいたんだろ。まぁ、皇女的には鸚鵡を助けたのは確実に気まぐれだったんだろうが』

「そっか。彼がウルラと違って性根が腐っていない銃《ひと》みたいで良かったわ」

パヴリーンはウルラのもとに歩み寄る。

「あなたの銃、もう恩返しは終わったんですって」

「はぁ？　なんの話よ。ほんと、盗掘犯なんてゴミ以下だね」

ウルラは苦しげな表情のまま、悪態をついている。

『盗掘犯、じゃない。そいつの名前はワイア。相棒の鸚鵡はネイル。ったく、自分の銃の名前も知らないのかよ』

アスピスの吐き捨てるような物言いに、パヴリーンは少し驚く。

いつの間にか、ウルラの銃とずいぶん仲良くなったらしい。

「ウルラ、私は魔砲士として、あなたを許すわけにはいかない。」

「……えらそうに。何様よ」

パヴリーンは無言のまま、再びウルラに銃口を向けた。右肘を押さえながら、ふてぶてしい態度を崩さなかったウルラの顔色が一気に変わる。

「な、なにをするつもり？」

「大丈夫、すぐ終わるから。右《そっち》と同じように、左《こっち》の肘も撃たせてもらうだけ。もう二度と、銃を持てないようにね」

「ちょ、ちょっと待ってよ！」

ウルラははじめて悲鳴をあげた。だが、その程度でパヴリーンの心は揺るがない。

「駄目。待たない」

冷たい一言をぶつけ、パヴリーンはアスピスの照準を合わせる。

「な、なんなのよぉ！」

右肘から流れる血をものともせず、ウルラがその場から逃げ出した。パヴリーンは焦ることなく、アスピスの引き金を引く。

アスピスの弾丸は空気を切り裂き、正確無比にウルラの左肘を撃ち抜いた。

ウルラは苦悶の声を発しながら、地に倒れ転がっていく。

「こ、この、クソ女が……！」

悪態をつきつつ、起き上がろうと必死にもがいている。だが両肘をやられていては、一人の力で起き上がることはできない。

「痛い？　でも手加減したし、いい感じに骨の直撃は外してあげたからね。魔砲士として働くのはもう無理だと思うけど、日常生活は送れると思うよ。……〝日常〟に戻れるのがいつになるのか、わからないけどね」

「くそっ、あんたなんか飯を奢《おご》ったりしないでさっさと殺しておけばよかった……！」

「ほーんと、残念だったね」

パヴリーンは肩を竦めて笑う。

ウルラは悔しげに顔を歪めながら、やがてもがくのを止めてそっぽを向いた。

「とりあえず、色々とわからないことがまだまだあるの。救助隊に通報する前に、話を聞かせてくれる？」

「……なによ、話って」

「あなたが皇女インウィディアの生まれ変わりっていうのはわかった。で、私は侍女のグラーディアアで、あなたの身代わりになって死んだ。そうよね？」

「そうだけど、だからなんなの？」

「うん、一応確認しておきたかっただけ。この部分は別にどうでもいいんだけどね？」

『どうでもいいのかよ……』

アスピスが呆れたように言う。

「いいよ、関係ないもん。それより、あなたどうやって記憶を持ったまま生まれ変わったの？」

ウルラは両目を瞬かせ、やがて小馬鹿にするように鼻で嗤った。

「それを知ってどうすんのさ」

「どうもしない。単なる好奇心」

パヴリーンはにこにこと笑いながら、ウルラの横にしゃがみ込んだ。

もちろん〝単なる好奇心〟というのは嘘だ。

またウルラが同じ方法で生まれ変わりを企む可能性もある。それだけは、絶対に阻止しなくてはならない。

「……〝魂縛《こんばく》〟の魔法を使っただけよ」

「魂縛？　なにそれ」

聞いたことのない魔法。

「もしかして古代魔法？　そんな魔法、教科書にも出てこなかったけど」

「教科書に載るわけがないでしょ。皇族に代々伝わる禁術なんだから」

「へぇ、禁術なんだ」

――やはり、普通の魔法ではなかった。

パヴリーンの額から、冷たい汗が流れる。

「そう。髪の毛と人体の一部、もしくは血液を使って、魂をこの世に留めておく秘術。この秘術は術者が命を落とした時に発動する」

「この世に？　でもあなた、生まれ変わっているじゃない」

「今の記憶を持ったまま生まれ変わるってことよ」

ウルラはごろりと仰向けになった。太い血管も避けておいたから、出血はそこまでひどくはない。

「さて、どこから説明すればいいかしら。落城の日、わたしはヘルブラオ皇国に〝侍女〟として逃亡するつもりだった。こんなこともあろうかと普段からグラーディアに布を被せていたからね。同じ布で顔を隠していただけで、革命軍にはまったく気づかれなかったわ」

口元は弧を描いているのにまったく温度のないウルラの目。それを見つめながら、パヴリーンは全身に鳥肌が立つのを覚えていた。

「ある程度の金貨や宝石は隠し持っていた。グラーディアが〝皇女インウィディア〟として革命軍に処刑されたあと、護衛も他の侍女も始末したわ。といっても〝あの連中は皇族に忠誠を誓っていました。信用はできません〟って革命軍に囁いただけだけどね」

「うーん、清々しいくらいに最低だね、あなたって」

パヴリーンは嫌みっぽく拍手をしてみせる。

「あら、お褒めいただきどうも」

ウルラは脂汗を流しながら、それでも不敵に笑っている。

『……グラーディアを確実に犠牲にするために、俺も革命軍に売ったのか』

「え、どういうこと？」

パヴリーンはアスピスを見つめた。

『俺は城に向かったグラーディアのあとを追った。皇女は厩舎の横を通れば革命軍はいない、と言ったのに俺はそこで待ち伏せを受けた。なんとか城の最上階まで着いた時には、グラーディアはもう息絶えていた』

震えるアスピスの声。

怒りと悲しみ、そして絶望がない交ぜになっている。

『俺はそのあとで洞窟に放り込まれたんだよな。まったく、いつもこうだ。グラーディアを守ってやれなかった。俺は結局、今も昔も大切な女を守れない』

パヴリーンは目を伏せ、小さく溜め息をついた。

「ねぇ、アスピスは今でもグラーディアが好きなの？」

――この期に及んで、他の女のことを考えているなんて許せない。

そんな思いを込めて訊く。

『え？　いや、そりゃ、まぁ、でも彼女はお前であって……』

銃の恋人は、わかりやすく狼狽《うろた》えている。

「ぜんぜん違う。私はグラーディアじゃない。パヴリーン。パヴリーン・ヘルバリアでしょ。いつまで昔の女を引きずってんのよ。ったく、カッコ悪い男」

アスピスを腰に戻し、パヴリーンは大袈裟《おおげさ》に両手を広げてみせる。

床に転がるウルラは、そんなパヴリーンに憎悪の目を向けてきた。

「本当にムカつく女。エリキウスもあんたを置いてわたしと一緒にくれば生きていられたのに。……あんたを選んだりしなければ、わたしだって彼を洞窟に投げ捨てたりなんかしなかった！」

「あぁ、そこもあなたが一枚噛んでいたんだ。これも適当な理由をつけて彼を大罪人かなにかにした感じかな？　ま、それに関してはお礼を言わなきゃね。あなたのおかげでアスピスが霊銃になってくれて、こうやって私と出会えたんだもの」

ウルラは一瞬目を見張り、乾いた笑いを浮かべた。

「まさか、あのどうでもいい洞窟が霊晶石だらけだったなんてね。おまけに人間の魂が吸収されて武器になるなんて、思いも寄らなかったよ」

その言葉に、パヴリーンはふと首を傾げた。

「……もしかして、エリキウスにも〝魂縛〟をかけたの？」

ウルラは目を逸らしたまま、なにも言わない。その姿は、なぜか痛ましく見える。

パヴリーンはわずかな憐《あわれ》みを持ってウルラを見下ろした。

「あなたさっき、〝記憶の鎖〟って言ったよね。もしかして〝魂縛〟ってこの世界に、っていうより魂同士を縛りつける魔法なんじゃない？　でもエリキウスの魂は霊銃になってしまった。だからあなたの魂はエリキウスを求め、何度も生まれ変わる羽目になった」

相変わらず無言のままだが、瞳はかすかに泳いでいる。

おそらく、図星なのだろう。

「記憶の鎖が外れたあなたはウルラ・ソリトゥスとして生まれて、魔砲士の道を選んだ。……私に出会わなかったら、あなたは〝姉御肌のウルラ〟のままだったのかな」

『せっかく皇女の記憶がなくなったっていうのにな。でも、なんで、そこまでして俺を？』

アスピスは心底不思議そうにしている。

パヴリーンはしばし考え、やがて溜め息混じりに呟いた。

「……愛していたからでしょ。愛が、激しい憎しみに変わるくらいに」

『いや、俺はただの護衛だぜ？　それに、あの悪逆皇女が、俺を？』

「アスピスは鈍いとこあるから気づかなかったんじゃない？　それに、人を好きになるのに性格の良し悪しは関係ない。人を陥れたり、その人の大切な人を奪ったりするのは違うと思うけどね」

こちらを見上げるウルラの両目に、どろどろとした憎しみがこもっていく。

「あんたの魂も魂縛にかけていたのは気づいた？　エリキウスはわたしにかけてくれたマ

ントについていた髪の毛を使ったけど、アンタの場合は血を使うって決めていた。だから血を手に入れるためにわざわざ傷を負わせたの。ちょっとしたことを責めて鞭《むち》で打ってやったのに、健気に耐えるふりして生意気だったよ。アハハ、あの時は痛くしちゃってごめんねー？」

歪んだ笑顔。引き攣《つ》ったような、耳障りな笑い声。

『てめぇ……！　最期の日、グラーディアの顔色が悪かったのはそのせいだったのかよ……！』

腰に手を滑らせ、怒りのあまり熱を発しているアスピスをぽんぽんと叩いて宥《なだ》めながら、パヴリーンは再び深い溜め息をつく。

「だからもうどうでもいいの。なに？　キルシウム帝国時代の人って、みんなこんな感じなの？　いつまでも前世だの過去だのに囚われて、目の前の現在《いま》を見ない感じ？」

パヴリーンは肩を竦めた。

もう、うんざりだ。遥か昔に終わったことにいつまでもこだわって、一体なんの意味がある？

「さてと、アスピス、姉妹に連絡をして。ウルラはカルケウスさんに引き渡す。パパとの約束だからね」

『……もう連絡した。あと数分もしないうちに到着するはずだ』

「うん、ありがとう。えぇっと、暴れられたら鬱陶《うっとう》しいしなんかうるさくわめきそうだから、とりあえず縛って猿轡《さるぐつわ》でも嚙ませておこうかな」

鞄からハンカチを取り出し、細くねじり、叫ぶ隙も与えないまま手早く口を塞ぐ。次いで細縄を取り出し、血に染まった両腕を気づかうことなく後ろ手に拘束をした。向けられる憎々しげな視線も、今のパヴリーンにとっては脅威でもなんでもない。

「よし、これでいい。……あ、来た来た。早かったね」

少し離れたところに、人影が四つ見える。

体格のいい長身の男と、それよりもう少し背の低い男。そして女性が二人。

長身の男はカルケウス。もう一人は乳白色の髪色からするとおそらくラク・パーニス。

「パーニスさんも来てくれたんだ。……ネムスの仇、討たせてあげたほうが良かったかなぁ」

二人の後ろを優雅に歩いているのはティアーラ。子供のように飛び跳ねながら両手を大きく振っているのはモニーレ。

「うーん、こんな時ですらあの二人に優しい気持ちを持てないのはどうしてかしら。あれかな、彼氏だと思っていた相手にいきなり別れを告げられたり他の女に浮気されたり、挙句の果てには昔の女のことばかり気にされたからかな」

手を振り返しながら、わざとらしく棒読みで恨み言を呟く。

『……俺が悪かった、パヴリーン』

「えー？　パヴリーンって誰？　あなたとどういう関係？」

意地悪をしている自覚はある。

けれど、こっちはもっとずっと傷ついたのだ。これくらいしても罰は当たらないと思う。

『……俺の恋人』

「あれ？　〝彼女〟とは別れたんじゃなかったの？」

『っ、だから悪かったって！　色々と考え過ぎていただけで本当は別れたくなんかなかったし、お前を誰にも渡したくなかったよ！』

――はじめて聞く、恋人の本音。

それを耳にした途端、これまで必死で抑え込んでいた感情が爆発するのがわかった。

「そういうの、ちゃんと言ってよ！　馬鹿！　浮気者！　女ったらし！」

『俺が馬鹿なのはそのとおりだが、浮気はしてないし女ったらしでもねぇよ』

「した！　浮気したもん！　私以外の女に持たれたし、撃たせたじゃない！」

『あ、あれはアレだ！　記憶が混乱していたからお前とあの女を間違えたっていうか……！』

「間違えないでよ！　この最低男！」

ここで泣いたらカルケウスや姉妹に関係がばれてしまうかもしれない。だが我慢しなければ、と思えば思うほど、大粒の涙がこぼれ落ちていく。

「アスピスのこと、子供の頃からずっと好きだった！　今なんて自分でもちょっと引くくらい愛しているのに、無理やり関係を迫ったんだから諦めなきゃって何度も自分に言い聞かせてた！　でもやっぱり大好きな気持ちに嘘はつけなくて、だから……！」

　——前世なんかどうでもいい。

　自分は〝グラーディア〟ではないし、愛しているのは〝エリキウス〟ではない。

　エリキウスに愛されていたのはあくまでも侍女グラーディアで、パヴリーンである今の自分にはなんの関係もない。

「……もう、絶対に離してあげない。物わかりのいいふりをしておきながらいきなり手の平を返してネチネチと責めたり、自分でもすっごく面倒くさい女だと思う。でも、私のことが嫌になったとしても、そんなの知らない。だからもう諦めて」

　こんな時ですら、可愛く愛の言葉を伝えることができない自分に腹が立つ。母だったらきっと、もっと可愛らしく伝えられたはずなのに。

『……俺は、面倒くさい女が好みなんだよ』

「本当に……？」

『あぁ、本当。パヴリーン、さっさとカルケウスにこの女を引き渡して宿に帰ろうぜ。帰ったら俺がどれだけお前を思っているか、きっちりと教えてやるから』

　久しぶりに聞いた、恋人の甘い声。胸の鼓動が、段々と早くなっていく。

「ふ、ふーん。それなら、そうね、急いで帰ってもいいかな。あ、でもお湯は浴びるからね、綺麗な身体でいたいし」

『エロいことするとは、言ってないけどな』

した。


「しないの……？」

悲しげな声で訴えてみせる。

『ばーか。するに決まってんだろ』

物言いこそ乱暴だが、アスピスはかなり照れている。

「パヴリーン！　大丈夫か、霊銃狩りの犯人を確保したんだって？」

恋人とじゃれるパヴリーンの元に、カルケウスと姉妹銃、そしてラク・パーニスが到着した。

パヴリーンは地面に転がるウルラを顎で指し示す。

「この女です、霊銃狩りの犯人」

「ウルラ⁉　嘘だろ、マジかよ……」

ラクは頭を抱えている。

自身の相棒ネムスを破壊した犯人が、まさか有名な魔砲士ウルラだとは思ってもいなかったのだろう。

「実はキミと会った翌日、被害にあった魔砲士二人に話を訊くことができたんだ。襲われた時の状況は俺と同じで、他に目新しい情報はなかった。でもなんとなく気になって協会に行き依頼表を確認させてもらったら……」

「……ウルラは霊銃狩りが起きた日には、依頼を受けていなかった？」

パーニスは頷く。

「いや、他にもその日に仕事をしていない魔砲士はいたよ。ただ、ウルラは毎日のように依頼を受けていた。丸一日依頼を受けないなんてことはほぼなかったから。……俺の考えすぎであって欲しいと、願っていたのに」

　落ち込むラクを慰めるように、パヴリーンはラクの肩を軽く叩いた。そして胸元に下がっている銃に、そっと指を触れる。

「パーニスさん、色々動いていただいたのに仇をとらせてあげられなくてごめんなさい。ネムスの仇は私がとったということで、アレーナに納得してもらえればいいんですけど」

『納得どころか大喜びだな。パーニスさん、〝ざまあみろ、クソババア！〟って、嬉しそうに言ってるぜ』

「そう、良かった。パーニスさん、アレーナは喜んでるって」

『言葉遣いをもう少し教育したほうがいい、って言っとけよ』

　どうやら、アレーナは元気いっぱいらしい。パヴリーンはとりあえず、アレーナの暴言とアスピスの助言を、ラクに伝えるのは控えることにした。

「いや、むしろお礼を言わせてもらうよ。仇をとってくれてありがとう。それにしても肘を撃つことで命を奪うことなく罰を与えるとはね。魔砲士にとって銃を使えないというのはなによりもつらいことだ。さすが温厚で知られるゼア・ヘルバリアの娘だな」

「いえいえ、そんなことは。そもそも魔砲士資格は剝奪されると思いますけどね」

　パヴリーンを襲った連中を容赦なく屠《ほふ》っていた父の姿を思い浮かべながら、パヴリーンは曖昧な笑みを浮かべつつカルケウスに視線を移す。

カルケウスはウルラを拘束していた細縄をつかみ、強引に立たせた。

「……ウルラ・ソリトゥス。お前の犯した罪は非常に重い。厳しい処罰が下ることを、しっかり覚悟しておくといい」

ウルラは力なく目を伏せている。今さらながら、事の重大さに気づいたのかもしれない。

「パヴリーン、あとは任せてくれ。もう憲兵が協会に派遣されてきているから、ひとまず協会へ連れて行くよ。聞き取りが終わり次第、正式に逮捕されるだろう。ラク、こいつの霊銃を回収しておいてくれ」

「了解」

ラクは地に転がるウルラの銃を拾い、もう一丁の銃を銃帯ごと取り外した。ウルラは顔を歪めて呻《うめ》いている。

ラクは気にする様子もなく、二丁の霊銃をしげしげと眺めていた。

「ではカルケウスさん、お願いします」

――ウルラが皇女インウィディアの転生だということは、カルケウスには伏せておいた。説明すると長くなるし、ウルラとしての人生ではパヴリーンに出会うまでまったく記憶がなかったことから〝魂縛〟の効果はほぼ消失していると考えたからだ。

「うん。場合によっては、処罰を魔砲士協会ではなく国に委ねることになるかもしれないな。魔砲士にとって霊銃は宝。いや、大切な家族だ。それを知らないはずがないのに、その霊銃を破壊して回ったなんて本当に信じられない」

精悍な顔に浮かぶ嫌悪感を隠しもしないまま、カルケウスは血に染まった両肘を一顧だにせずウルラを引っ張り歩かせ始める。

「それにしてもすごいですわね、パヴリーン。この女性はそれなりに有名な魔砲士でいらっしゃるのに、たった一人でよく制圧したものですわ」

並んで歩きながら、ティアーラが感心したように言う。

「ホントだよねぇ。前から言おうと思ってたんだけどぉ、パヴリーンってぇ、なんだかゴリラっぽくなぁい？　顔はまぁまぁ可愛いのにぃ、残念」

「可憐な雰囲気のお母さまと大違いですわよね」

姉妹は顔を見合せ、くすくすと笑っている。

「……ティアーラにモニーレ、気をつけてね。そのウルラって女、人が大切にしている男に手を出すのが趣味みたいなの。カルケウスさんカッコいいし、ウルラと年齢も近いし狙われるかもよ？　彼女は犯罪者だけど、なんたって同じ人間同士だし？」

姉妹の顔が、瞬時に真顔へと変わった。

過剰なスキンシップのせいで周囲から誤解を受けることが多い彼女らだが、紛れもない純粋な忠誠心で己の主を心から大切に思っている。

「どうも、ご忠告ありがとうございます、パヴリーン」

「そうねぇ、教えてくれてありがとぉ」

言葉遣いこそ丁寧なものの、二人がウルラに向けた視線は思わず身震いするほど凍てついていた。

「あらぁ、お気になさらないで？　私たち、お友だちですものぉ」

パヴリーンはわざと姉妹の口調を真似ながら、踊るようにその場でくるりと回転してみせる。

『……そのくらいにしておけ、パヴリーン』

アスピスが静かに咎めてくる。

「はいはい、わかってるってば。……大丈夫、あなたたちの絆を断ち切れる人なんていやしないわ。仮にカルケウスさんが生涯をともにしたい、っていう女性を連れてきたとしても、彼が選ぶような人だったら三人の関係性を正しく理解してくれる。そうでしょ？」

姉妹は肩を竦めながら、無言でカルケウスの後ろについた。

ウルラは抵抗することなく、大人しく歩いている。

とはいえ、両腕が使いものにならない上に高位の神銃二丁が脇を固めていては、狡猾《こうかつ》なウルラとてなすすべはないだろう。

しばらく歩いたところで、分かれ道にさしかかった。

「じゃあ私たちはここで。一度、宿に戻ります」

「あぁ、気をつけて。そうだ、俺からもゼアに連絡を入れておくけど、自分でも連絡をしておいたほうがいい。彼はきっと、すごく心配をしているはずだから」

「はい、そうします」

カルケウスは頷き、歩けとうながすようにうつむいたままのウルラの縄を引っ張った。

『どうした、パヴリーン。まだなにか言いたいことでもあるのか？』

怪訝《けげん》そうなアスピスの声。

「あ、ううん、言いたいことっていうか……」

彼女の行動については、まだわからないことがあるのだ。

なぜエリキウスのみならず、目の前から消し去りたいと思うほど憎んでいた侍女グラーディアにまで生まれ変わりの秘術をかけたのか。そこがどうしても理解できない。

少し考え、パヴリーンは踵を返しウルラの元に駆け寄った。

「……なに、なんか用？」

「ねぇウルラ。なぜ、グラーディアにまで秘術を使ったの？」

意味がわからないであろう、カルケウスとラクはきょとんとしている。

「馬鹿だね、そんなの嫌がらせに決まっているじゃない。記憶は術者のわたし以外にはない。でもわたしはエリキウスのことがわかる。もちろん、あんたのことも。だからエリキウスと愛し合いながら、見つけ出したあんたをどんな手を使ってでも苦しめてやりたかったんだよ」

――なんとなく予想していないくはなかったが、やはりこの程度の低俗な理由だったのか。

パヴリーンは冷めた視線をウルラに向けた。

「なーるほど、そんなことで。ホント、無駄でくだらないことに貴重な魔法を使ったものだね」

「無駄でくだらないことだって⁉　調子にのるんじゃないよ小娘！」

鼻息を荒くするウルラを、パヴリーンは憐みをこめた目で見つめた。

「同じ時代に生きていたワイアとネイルがあなたの霊銃になったのは、偶然なのかもしれない。でも〝縁〟って絶対にあると思う。ワイアたちに〝手に入れたあと夢で会った〟って言ったよね？　それは嘘じゃないって信じる。それに、私と同じようにあなた、銃の状態の彼《ワイア》と話ができていたでしょ？」

「は、はぁ？　なんで、そう思うわけ？」

歯切れが悪い。

やはり、そうだったのだ。

「だってワイアに相手の正体を探らせていたんだよね？　彼と夢でしか会えないのなら、その結果を聞くためにはいちいち眠らないといけないじゃない」

「だから？　それがなんだっていうのさ」

ここまで言っても、まだわからないのだろうか。

幾度も転生をして様々な立場の人生を送ってきた彼女には、こびりついた考えを改める機会などいくらでもあったはずなのに。

「悪逆皇女インウィディアが気まぐれに鸚鵡《ネイル》へ果物を与えた時点で、すでにあなたたちの縁は繋がっていたのかもしれない。過去の憎しみにばかりしがみついていないで彼らとの縁をもっと大切にしていれば、きっとあなたは幸せな人生を送れた」
ウルラはなにかを言いかけ、やがてがっくりと肩を落とした。
今さらながらウルラは気づいたのかもしれない。けれどこの先はもう、パヴリーンには
どうすることもできない。せめて、これまでの罪を反省して人生をやり直してくれたら。
『……なんだか甘いことを考えているのかもしれないが無駄だぜ、パヴリーン。この女は
やりすぎた。人生をやり直すには、もう遅すぎる。だからワイアもさっきは直接言葉をか
けなかった』
パヴリーンの胸の内を見透かしたように、アスピスが静かに言う。
「そう、かもしれないけど」
おそらく、アスピスの言うとおりなのだとは思う。
カルケウスが言っていたように国が処罰を決定するとしたら、彼女はもう二度と日の光
を見ることができないかもしれない。
「ウルラ。ウルラ・ソリトゥス。早く傷を治して、しっかり罪を償ってね」
それだけ伝え、パヴリーンは今度こそウルラに背を向けた。
宿に戻ってすぐ、パヴリーンは衣服を脱ぎ捨て浴室に向かった。
熱いお湯を頭から浴びていると、自然に鼻歌が出てくる。

「私って単純。ま、そこがいいところだと思うんだけど」

今朝は悪夢のせいであんなに暗い気持ちだったのに、今は心の底から晴れ晴れとした気持ちになっている。

「あれってやっぱり、予知夢だったのかなぁ。だとしたら、私の手をつかんでくれたのはアスピス？」

パヴリーンは少し考える。そして気づいた。

「……違う。あれは私の夢《いま》じゃない。グラーディアの現実《かこ》だわ」

彼女はおそらく最後の瞬間、愛する恋人に向かって手を伸ばしたのだろう。

けれど彼がその手をつかむことはなかった。

その時、エリキウスは必死にグラーディアの元に向かっていたはずだ。だがその前に息絶えてしまったグラーディアがそれを知ることはできない。

「彼女はその瞬間、なにを思っていたんだろう」

パヴリーンが夢だと思っていたあれが、夢ではなくて過去の記憶なのだとしたら。

そう考えると、パヴリーンが感じた〝悲しい気持ち〟は愛する男に見捨てられたと思ったグラーディアの悲しみなのだろうか。

「……ううん、今の私にはグラーディアの気持ちはわからないけど、多分違う。彼女は自分の命が潰えることより、もう二度と大切な恋人に会うことができない。ただそのことだけが悲しかったんじゃないかな」

皇女に身代わりを命じられた時から、グラーディアは命を失う覚悟を決めていたはずだ。

それでも、このことだけは無念だったことだろう。

ただ、今こうして心が軽くなっているということは、パヴリーンの内にいるグラーディアはきっと救われているのだと思いたい。

「うん、大丈夫。私は絶対幸せになるから。見ていて、私の中のグラーディア」

歯車をひねり、湯を止めて葡萄色の髪を振るい水滴を飛ばす。

身も心も本当の自分を愛して欲しい。そう思い、宿に戻ってすぐ色戻しの薬を飲んでおいたのだ。

「……こんなにもアスピスに抱き締めてもらいたいって思うの、はじめてかも。髪、乾かす時間ももったいないな」

濡れた髪の先を引っ張り、ベッドの上で待っている恋人を思い浮かべた。彼は濡れた髪を乾かさない、というようなだらしない面に厳しく、普段からパヴリーンによく注意をしてくる。

でも、一刻も早く会いたい気持ちをどうすることもできない。

「うー……。ま、いいか」

現実の髪は濡れていても、どうせ夢の中ではいつものように艶のある葡萄の髪のままなのだ。

「ちゃんと乾かしてきたって、嘘ついちゃお」

どうせアスピスにはばれやしない。

そう思いながら、パヴリーンは足取り軽く寝室に向かった。


夢の中で目を覚ましたパヴリーンは、覆い被さるアスピスの青い目をじっと見つめた。

眠る前に、アスピスを腹の上に置いておいたのだ。

「ふふ、アスピスの顔がすぐに見られて嬉しい」

「あぁ、俺も。……と、言ってやりたいところだがお前、ちゃんと髪を乾かしていないだろ」

「あ、ばれた？」

パヴリーンは肩を竦め、えへへ、と笑ってみせる。

「ばれるに決まってるだろ？　髪を乾かしていたら、ベッドへ来るまでにもっと時間がかかるはずだからな」

「だって、早くしたかったんだもん」

尖らせたパヴリーンの唇に、ちゅ、と軽い口づけが落とされた。

「お前の髪はそう長くないんだから、乾かすのは大した時間じゃないだろ。まったく……」

いきなり顎をつかまれたかと思うと、苦笑を浮かべた端正な顔が近づき再び唇が重ねられた。

今度は先ほどのように啄むだけのものではなく、絡めとるような深く長い口づけ。

両手を伸ばして首にしがみついて口づけに応えながら、パヴリーンは内心激しく動揺していた。

（ど、どうしちゃったのかな。今までこんな甘い雰囲気になったことなかったのに）

「ん、んん……っ」

こんな強引で荒っぽい、そして甘いキスもはじめてだ。

どう反応したらいいのかよくわからず、パヴリーンは息苦しさに身を捩《よじ》る。

「どうした、もう降参か？」

「し、してないから！」

顔が熱い。

どうしたのだろう、まるでいつものアスピスではないみたいだ。

「その、びっくりするじゃない。いきなりこんな、甘々な恋人っぽいことしてくるんだから……」

「俺は前から、甘々にしているつもりだったけど？」

「嘘ばっかり！　なんか、いつも流されてる感が満載だったじゃない。……あ、わかった。あれでしょ、私が〝エリキウスが大好きなグラーディア〟だからでしょ」

そう不貞腐れるように言ったあと、すぐに後悔をした。

ここでアスピスに「そうだ」と肯定されたら、泣かずにいられる自信がない。

「そんなわけないだろ。やっと、我慢しなくてもよくなったって思っただけだ」

「我慢って？　ねぇ、なにを我慢していたの？」

アスピスは〝しまった〟という顔をしながら、ふいっとそっぽを向いた。

「い、色々だよ。お前は人間なのに今の俺は違う、とか」

「ふぅん。でも、そのこと自体はこれまでと変わらないよね？　それなのに、今はどうして平気なのよ」

「どうだっていいだろ、そんなの」

アスピスの指が、なにも身に着けていないパヴリーンの胸元を滑る。くすぐったさに身を捩りながら、パヴリーンはほんの少しだけ意地悪な気持ちになった。

「運命の恋人《グラーディア》が、ママじゃないってわかったから？」

臍《へそ》の上にさしかかった指が、ぴたりと止まった。

あまりにわかりやすい反応。もはや怒る気持ちも起こらない。

「アスピス。この部分は私たちの今後を左右するといっても過言ではないと思うの。あなたの気持ちが知りたい。正直に答えて」

アスピスの両頬に触れながら、静かな声で訊く。アスピスは額に汗を滲ませたまま、やがて大きく息を吐いた。

「……確かにお前のママを俺の恋人の生まれ変わりじゃないかと考えたことはある。でも、守ってやりたいとは思ったが抱きたいとは一度も思わなかった。お前のことは、毎日でも抱きたいと思っていたのに」

「ま、毎日？　本当？」

それは初耳だ。

「あぁ、本当。言っておくが、お前とつき合うようになってからの話だからな？　子供の頃からそんな風に思っていたわけじゃないぜ？」

「そ、そんなことわかってるわよ。うん、わかってるから」

どうしよう。とんでもなく嬉しい。

パヴリーンはアスピスから手を離し、自身のにやける頬を押さえた。

アスピスは苦笑を浮かべながら、パヴリーンの額を指で弾く。

「あまり説明は得意じゃないが、これから俺が思っていたことを正直に話す。ただし、怒るなよ？」

「……うん」

知りたい、と言ったのは自分なのだ。パヴリーンは素直に頷く。

「俺はお前のママを記憶にある過去の恋人の生まれ変わりなんじゃないかと思った。それなのに、俺が欲情するのはお前にだけ。俺は薄情な浮気者なのかもしれない、と悩んだ。そんな気持ちでお前に触れてもいいものかと葛藤しているうちに記憶はどんどん蘇ってくる。おまけに男どもに襲われたお前を守れなかった。その自己嫌悪も加わって、もうなにもかも放り出したくなったから俺は、お前に別れを告げたんだよ」

「なに、それ。弱虫すぎ。……と言いたいところだけど、私も結局、自分の素直な気持ちを言えなかったわけだから、おあいこだよね」

もっと早く、そして真っ直ぐに本心を伝えていれば二人の仲がこじれることはなかったのかもしれない。

すれ違った時間は大して長い期間ではなかったが、パヴリーンにとってはなによりも辛い日々だった。

「弱虫で正解だな。まぁ弱いというか……考え過ぎていたのかもしれない。断片的に思い出す過去の記憶をお前に相談していたら、記憶の矛盾にもっと早く気づいたかもしれないのに」

確かに、そうかもしれない。けれどすれ違ったからこそ、アスピスとの絆をより深く感じることができるようになったのだと思う。

「いいわ、許してあげる。他に嘘や隠しごとはない？」

「ない。……あ、いや、一つあった。お前と別れても魔力の相互供給は問題ない、といったが本当は違う。お前はそのうち元の体質に戻るが、俺はそうじゃない」

「うん、だと思ってた」

パヴリーンはアスピスの手をそっと握った。アスピスもまた、ゆっくりと手を握り返してくる。

「愛してる、アスピス」

「……俺も」

――嬉しいが、これは求めている言葉ではない。パヴリーンは遠慮なく顔をしかめる。

「ねぇ、まだ言ってくれないの？　愛してるって」

アスピスは少し困った顔で、ゆるゆると首を振る。

「悪い、今はまだ勇気が出ない。口にしたあとでお前を失うことにでもなったら、俺は今度こそ耐えられない。もう少しだけ待ってくれ、俺がお前との現実《いま》を信じられるようになるまで」

いつもは飄々《ひょうひょう》としているのに、今は痛みに耐えるような顔つきになっている。

そんな顔を見てしまうと、もうなにも言うことはできない。

「わかった。愛されているのはちゃんと伝わってくるもの。だから信じる。ごめん、わがまま言って」

これは強がりではない。

本当に、痛いほど彼からの愛情を感じる。だからこそわかる。

『……親子揃《そろ》って王族の身代わりにされるような女、心配するなっていうほうが難しいだろ』

アスピスはただ、怯《おび》えが拭い去れないのだろう。

心から愛した恋人を失った、その記憶が最近になってはっきりと蘇ってきたのだ。

過去のこととして割り切るには、まだ時間が足りないのかもしれない。

「ね、もうお喋りはいいんじゃないかな」

「あぁ、そうだな」

パヴリーンはアスピスの青い目を見つめながら、両手をベルトにかけた。

「おい、なにすんだよ」

「んー、なんとなくだけど今なら、お互い裸で愛し合えるんじゃないかなって」

悪戯っぽく片目を瞑《つぶ》ってみせながら、カチャカチャとベルトを外す。

アスピスは抵抗することなく、大人しくパヴリーンの好きにさせてくれた。

「わ、やっぱり」

予想どおり、愛する男を裸にすることができた。

下半身はすでに頭をもたげ、臨戦態勢になっている。

「うわ、肩以外にもいっぱい刺青入ってる。腿と……あ、この足首をぐるっと回って彫られてる模様がカッコいい」

精神体であるアスピスの、こんな姿を目にすることができるのは自分だけだ。

パヴリーンは喜びとある種の優越感に、目を細める。

「本当にいいなぁ、この刺青。私もお揃いでいれちゃおうかな」

アスピスは眉をひそめた。

「……やるなら足首程度にしとけよ」

「なんでよ。ママも一時期は肩に魔力防御の刺青が入っていたじゃない。結局、アスピスは私と契約したから消しちゃったけど」

「俺はお前の肌にできるだけ傷をつけたくないんだよ」

「なによ、過保護すぎでしょ」

「好きな女は甘やかしたいんだって、前も言っただろ」

照れたような顔。

そういえば、そんなことを言っていたな、と思い出す。

自分はその時、〝実在するのかすらわからない過去の女〟にひどく嫉妬をしていた。

「じゃあ、早く甘やかして」

「俺のことも甘やかしてくれよ」

互いの目を見つめながら笑い合ったあと、どちらからともなく目を閉じ、ゆっくりと唇を重ねた。


大きく開いた足の間で揺れ動く、赤銅色の髪。

「んあぁっ！　あぅ、や、もう、いい……から ぁ……ッ」

敏感な秘部に熱い舌を這わせられてから一体どれくらいの時間が経ったのだろう。

太腿をがっちりと抱えられているせいで腰を引いて逃げることもできず、みっともなく腰を前後に振ることしかできない。

——気持ちが通じ合ったあと、しっかりと抱き合いながら唇が腫れるのではないかと心配になるくらい、長い時間口づけを交わした。

その次に、一時間近く指と舌で胸だけを弄られ続けた。やや強めに揉まれながら、爪先で先端を引っ搔《か》きくすぐられる。

強い刺激に悲鳴をあげると、間髪入れずに温かな口内に含まれ舌で優しく包むように撫でられた。

緩急のついた責めを繰り返され、幾度も潮を吹きながら達した。

現実世界でここまでしていたら、脱水状態になっていたかもしれない。けれど、ここは快適な夢の中での行為だ。

体力はそれなりに奪われるが他のことは気にする必要がない分、快楽を貪欲に求めることができる。

「あん、んん……ッ、や……ぁッ！」

滑る舌が、無防備に硬く尖った陰核を掠める。パヴリーンは腰を跳ね上げるようにして達した。

吹き出した透明な液体が、アスピスの肩を軽く濡らす。

パヴリーンははぁはぁと息を荒げながら両手を足の間に挟みこみ、舌でのさらなる攻撃から身を守ろうと試みる。

「はぁ、ん……。ね、もう、そこばっかり、しなくていいから……」

「なんだよ、もう挿れて欲しいのか？」

アスピスは舌先に銀の糸を引きながら顔を上げると、ぺろりと舌なめずりをする。獰猛《どうもう》さの中に潜む色気のようなものを見せられ、パヴリーンは思わず顔を逸らした。

どうも、調子が狂ってしまう。

「〝もう〟じゃないもん。いつもなら、とっくにしてくれてるのに……」

「あー、それはアレだ、俺の理性ってやつが働いている間にお前を疲れさせてしまえばいい、と考えていたからだよ。馬鹿だよな、そんなの関係ないのに少ない回数で終わらせれば、まだ後戻りができると本気で信じていたんだから」

「今は？」

「……後戻りなんかしたくない」

正直なところ、これ以上愛撫《あいぶ》を続けられるとつらい。けれど心が完全に通じ合った今、アスピスの想いを全身で受け止めたい、とも思う。

「それならあと一回だけ、いじめられてあげる」

散々嬲《なぶ》られた陰核が、じんじんとした甘い痛みを伝えてくる。それなのに、秘裂は太腿まで濡らすくらいに蜜で溢《あふ》れかえっていた。

——この身体は彼から与えられる痛みすら、浅ましく欲しがっている。

パヴリーンは防御していた手を引き抜き、ゆっくりと足を開いた。

「私のすべてはアスピス、あなたのもの。だから好きにしていいわ」

嫣然《えんぜん》と微笑みながら、両手をゆっくりと広げる。

「……本当に、俺を誘惑するのが上手い」

掠れた声。

こちらを見下ろすその顔には、いつもの人を食ったような笑みは見られない。

「後悔すんなよ」

怒ったような声で言いながら、アスピスはパヴリーンの腰を強く抱き寄せた。そのま
ま、硬く勃ち上がった剛直が割れ目を一気に貫いていく。

「あ、はぅ……ッ」

「は、中がすごいことになってるな」

「あぁ、……う、ひぁ、あっあっ！」

待ち望んでいたものが与えられ、パヴリーンは夢中になって快楽を貪った。足を男の腰
に絡みつかせ、激しい律動に合わせて自らも腰を振る。

「爪……」

「はぁ、あぅ、な、なに……？」

荒い息づかいと粘ついた水音。そして互いの肉体がぶつかる音が響くせいで、アスピス
の声がよく聞こえない。

「爪、俺の背中に、立ててくれよ」

「んっ、どうし、て」

「ずっと、そうして欲しいって、思っていたから、な」

「変、なの」

よくわからないが、そうして欲しいなら、とアスピスの背中に思い切り爪を立てた。

「っ、痛ぇ……」

本気で痛そうな声を聞くと、どこかゾクゾクとした倒錯的な気持ちがこみ上げてくる。

思わず笑みを浮かべた次の瞬間、腰の動きが一段と速くなった。全身を巡る快楽が、下半身の一点に収束し始める
「ひあ、あっ、んく、イ、きそう……」

「俺、も……っ」

視界が揺れるほど激しく揺さぶられ、両目をぎゅっと閉じると同時にひと際奥を突き上げられた。

「あっ、あ、やぁ、イ……く……ッ」

指と舌では到底味わうことのできない深い快楽。

パヴリーンの両目から、いつものように過度の快楽による生理的な涙がこぼれていく。

数秒ののち、繋がったままの下半身が震え身体の奥がじんわりと温かくなった。

「ん、気持ちい、幸せ……」

汗ばんだ胸板に頬をすり寄せると、髪をくしゃりと撫でられた。

「……余韻に浸っているところ悪いが、まだ終わらないからな」

「いいよぉ、覚悟してるもん。ね、明日の朝までしちゃう？」

「へぇ、そんなもんでいいのかよ」

アスピスはすっかり余裕を取り戻し、不敵な笑みを浮かべている。

「そっちこそ、年なんだから無理しないでいいのに。だって、もう五百歳越えだもんね？」

「おい、おっさん扱いすんじゃねえよ」

鼻先をかぷっと甘噛みされ、パヴリーンはきゃあきゃあと子供のように大袈裟な悲鳴をあげた。

今までこんな風に、心から甘えて体を重ねたことはない。

それは母に対抗心を燃やしていたせいだと思う。

夫から舐めるようにして溺愛されながらも、しっかりと自立している母。

自分は愛されている確証もないのに、恋人にどっぷりと依存していた。

自覚はあったがそんな自分を頑なに認めることができず、あえてさっぱりとした性格の女を演じていたように思う。

要は、どこか素を出し切れていなかったのだ。

「どうしよう、アスピス。私、今すごく幸せかも」

「〝かも〟ってなんだよ。確定じゃないのか」

「そういうんじゃないの、言葉の雰囲気をくみ取ってよ。もう、その受け取り方がすでにおっさんなんだから」

アスピスの長い腕が、するりと腰に回る。

「だから、おっさん扱いするな。俺が死んだ時はまだ三十五だったんだぜ？」

「私より十三も年上じゃない。……まぁ、年齢ならすぐにこっちが上回るわけだけど」

――今までなら、こんな話もできなかった。

現実を直視するのが怖かったから。そして、彼を信じ切れていなかったから。

けれど、今は違う。

「ね、私のこと〝蜂蜜《メル》〟って呼んでみて」

「……いや、呼ばない」

「えー、なんでよ」

パヴリーンは頬を膨らませる。

「あれはエリキウスがグラーディアを呼ぶ時の甘ったるいアレだろ？　今の俺はエリキウスじゃないしお前もグラーディアじゃない」

「なによ、屁理屈《へりくつ》ばっかり。……ね、アスピス。私とずっと一緒にいてね。約束だよ？」

「あぁ、約束する」

しっかりと向き合いながら、思いに応えてくれた恋人。

パヴリーンは幸福感に包まれたまま、この世で一番愛している恋人にしっかりとしがみつく。

脳裏に、同じように抱き合いながら微笑む〝エリキウス〟と〝グラーディア〟の姿が見えた気がした。

第六章　時の波間で

ウルラ・ソリトゥスの処遇とその他について、カルケウスからの手紙が届いたのはシーニーに帰国して半月が経った頃だった。

本当はアケル国内で最後まで見届けるつもりだったが、予想以上に時間がかかったため帰国を選択せざるを得なかった。

帰ってすぐ、パヴリーンは実家を訪ねて両親に事の真相をすべて説明した。

もちろん、自分たちの〝前世と生前〟も含め、すべてを。

両親はひどく驚き、母に至っては気を失いそうになっていた。

ただ、アスピスが母と〝生前の恋人〟を一瞬だけでも混同させていたことに関しては黙っておいた。父の怒りも怖かったし、母も複雑な気持ちになるだろうと考えたからだ。

「驚きその一。まさか、ウルラが本当のことを話すとは思わなかった」

読み終わった手紙を机の上に放り投げながら、パヴリーンは喉をさすった。

アスピスと手紙の内容を共有するため、今の今まで長い手紙をずっと音読していたのだ。

『そうだな。てっきり嘘ばかりつくか、被害者ぶってこっちに罪を着せるような工作をしてくるか、と考えていたんだが』

パヴリーンは分厚い手紙の束を見ながら、机に肘をつき溜め息をついた。

いくらティアーラたちが高位銃とはいえ、さすがにアケルとシーニー間で念話をすることはできない。

それなら電話が設置されているシーニーの魔砲士協会へ連絡をくれても良かったのだが、カルケウスはパヴリーンの事務所へ律儀に手紙を送ってくれたのだ。

それによると、最初ウルラの処遇に対する決定権は魔砲士協会にあったらしい。

王家にも報告書は送ったようだが、そちらはほぼ無関心に近い反応だったようだ。

そして他人の大切な霊銃を何丁も破壊したウルラには、協会により相応しい罰がくだされる予定だった。

だが霊銃狩りの被害にあった魔砲士もそうでない者も、彼女が霊銃狩りを始めた身勝手な理由を知らない。

彼らはこれまでのウルラの功績を考え、更生の余地があるのかどうかを判断してからでも遅くはない、と全国各地で処分に時間をかけるよう署名運動まで起こしていた。

しかし、そこで予想外の出来事が起こった。

ウルラが己の動機を語る際に、自分が五百年前の皇女インウィディアであると証言したというのだ。

彼女は転生の仕組み、つまり〝魂縛〟の秘術について詳細な説明をしたようだが、当然というかそれはまったく信じてもらえなかったようだった。

「まぁ、普通に聞いたら単なる妄想でしかないよね。私ですら、いきなりグラーディア呼びされた時はちょっと怖かったもん」

『だろうな。だがカルケウスは一応確かめようとしたらしい。秘術《それ》について俺らがなにか言っていなかったか、ティアーラたちがガキどもに訊いてきたみたいだな』

パヴリーンはアケルの方角を見ながら、顔をしかめた。

「もう、彼女たちのそういうところが嫌なのよ。こっちに直接訊いてこないところが狡猾よね。スピナキアたちはなんて答えてくれたの？」

『俺もまさか向こうに訊くとは思っていなかったんだが、あいつらが上手く空気を読んでくれた。そんな話は一言もしていなかった、ってとぼけてくれたらしいぜ』

「ん、さすがスピナキアとルブス。よくわかってくれてる」

『そのせいでどういった処罰にするか、署名は抜きにしても時間がかかったみたいだな。妄想に支配された完全なる狂女だとしたら、魔砲士協会としては極刑をくだすのに躊躇《ちゅうちょ》もあったんだろう』

パヴリーンは頷きながら、事務所の窓から外を見つめた。

アケルとは異なる、色鮮やかな街並み。いつもは心を落ち着かせてくれるその景色を眺めていても、ざわつく胸の内は鎮まらない
「……なーんか嫌な感じ。アスピス、どう思う？」

カルケウスの手紙には、気になる続きがあった。

動機についてのウルラの〝妄言〟。

とはいえそれはどこまでも真実なのだが、一応聞き取った内容を報告書にまとめ再び王家に提出したところ、先の報告では無関心を貫いていた王家がいきなり介入してきたのだという。

「魂縛は皇族しか知らない秘術って言っていたもんね。旧キルシウム帝国からアケル王朝に移り変わる時に、その秘術を記した書物でもひっそり受け継がれていたのかな」

『それなら、王家が慌てるのもわかる気がするな』

そう呟くアスピスの声は、どこか硬い。

「……で、この秘術の存在を他に誰か知っている者がいないか、ウルラに尋問をした。知っている者すべてを、消すために」

『驚きその二、か。どうごまかしたのか知らないが、まさかウルラが俺たちの名前を吐かなかったとは』

――ウルラの処罰は、いまだに決まっていない。決める必要がなくなった、というのが正しいだろうか。

魔砲士協会から王家へ身柄を移されたあと、ほどなくしてウルラはその生涯を終えたからだ。

そして霊銃狩りの動機については、表向きは魔力と体力の低下に悩んだあげく活躍する他の魔砲士に嫉妬心を抱いたから、ということになっている。

その結果、彼女のこれまでの功績はすべて帳消しとなり、嫉妬深い女魔砲士が起こした愚か極まりない事件ということで幕が引かれた。

裁判前に急死した理由も、罪の意識に耐え兼ね取り調べの隙をついて自ら命を絶った、と発表されたそうだ。

だがパヴリーンとアスピス、そしておそらくウルラの霊銃ワイアとネイルはそれが真実ではないことを知っている。

両親にも霊銃狩りの真相を話してはいるが、薄々気づいているのは父だけだろう。

ウルラは秘術を守るため、その存在を消されたのだ。

「彼女、どうしてなにも言わなかったんだろう。わざわざグラーディアを転生させてまで苦しめたかったはずなのに」

今の国王オルキスは母ウィーティスを己の妹である第五王女の身代わりにしようとした男だ。

ウルラが口を割らなかったおかげでそんな男に目をつけられなくて済んだのは僥倖《ぎょうこう》だったが、彼女がなぜパヴリーンの名前を出さなかったのかがわからない。

「でも、なんだか怖いな。たとえウルラがなにも言わなくても、王家なら私の存在を把握することなんてそう難しくないはずなのに」

『国王は忙しい。見せしめにウルラを消したことで〝知っている者〟を黙らせられると思ったんだろうよ。ま、襲われた時に被害届を出さなかったのが功を奏したな。王家も見て見ぬふりができる』

アスピスの言うとおり、ウルラに雇われた男たちに襲撃された件に関してもアスピスを奪われそうになった件に関しても、パヴリーンは被害届を出していない。

これはカルケウスから「国の判断を仰ぐことになるかも」と言われた時から決めていたことだ。万が一にも、〝ヘルバリア〟の名前が王族の目に入る危険を避けたかった。

「インウィディア……ううん、ウルラ。次の人生こそ、幸せになって欲しいな」

パヴリーンたちを王家に売らなかったのは、ネイルに果物を与えた時のように単なる気まぐれだったのかもしれない。

それともキルシウム帝国元皇女として、革命で自国を滅亡させた勢力が作った国の思いどおりになりたくない、という最後の意地だったのだろうか。

彼女は亡くなる直前、一体なにを思ったのだろう。今となっては、その胸の内を知る術《すべ》はない。そのおかげでパヴリーンも家族も王族につけ狙われる可能性を回避できた。

深すぎる愛と狂気に呑み込まれてしまった哀れな女性ではあったが、転生を繰り返すうちに彼女の胸のうちが変化した結果だと思いたい。

『パヴィ、もうあの女のことを考えるのはやめろ。これでなにもかも終わったってことなんだからいいだろ』

「……うん、そうだね」

パヴリーンは窓を開け放った。殺風景な事務所の中に流れ込む、少し冷たい澄んだ空気。それを、胸いっぱいに吸い込む。

「んー、やっぱり故郷《シーニー》が一番だわ。そうだ、ママのご飯を食べに実家へ行っちゃおうかな」

今日は二件ほど仕事が入っているが、そう難しい依頼ではない。迅速に依頼をこなせば、夕方前には実家に帰ることができるだろう。

『この前はほとんど報告だけだったからな。ちょっとくらいゆっくりしてもいいんじゃないのか』

「うん。せっかくだから、一週間くらいお仕事を休んで実家に泊ろうかな」

そうと決まったら、一刻も早く仕事に向かわなければならない。

パヴリーンは機嫌よく鼻歌を歌いながら、出発の準備を急ぎ進めた。

バターと香草、ミルクの甘い香り。

テーブルの上には鶏肉のハーブバター揚げとミルクシチュー、ゆで卵と数種類の野菜を混ぜた彩り豊かなシーニー風サラダが並べられている。

母は忙しく働き、父もそんな母のあとをついて回りながらかいがいしく手伝いをしていた。今日は、弟ライオンも学校の寮から帰ってきている。

ヘルバリア一家が全員揃うのは、実に七か月ぶりのことだった。

「やった、私の好きなものばっかり！」

大好物が並ぶ食卓を見て、パヴリーンは手を叩いて喜ぶ。

「はしゃがないでよ、姉さん。子供じゃないんだからさぁ」

ラオインは、そんな姉に冷めた眼差しを向けている。

「……あんたね、なんなの、そのすかした物言いは。彼女ができたくらいで調子にのるんじゃないわよ」

「姉さんが子供だという事実の指摘と、ぼくに彼女ができたことはなんの関係もない」

弟はやれやれ、というように大人びた仕草で肩を竦めている。

「その言いかた、すごく腹立つ！　小さい頃はあんなに可愛かったのに」

「そう言わないで、パヴリーン。あなたが霊銃狩りの件でアケルに行ったあと、ラオインはずっと心配をしていたのよ？」

パンが盛られた皿を持ちながら、母がキッチンから現れた。パヴリーンは驚き、弟の顔を見つめる。

「え、本当に？」

「あのさぁ、普通は心配くらいするだろ。家族なんだから」

弟は顔をしかめながらそっぽを向いている。

「やだ、やっぱりあんたって可愛いままじゃない。ほら、昔みたいに〝お姉ちゃん、大好きー！〟って言ってみなさいよ」

「やめろ、気持ち悪い！」

弟の耳の先が赤く染まっているところを見ると、どうやら照れているらしい。

『……子供かよ』

「うんうん、二人のこういう幼いやり取り、久しぶりで楽しいな」

「ホントだよ。パヴリーンもラオインも家にいないし、たまに帰ってきてもパヴリーンは食べて寝ることしかしない。ラオインは食事が済んだら部屋に閉じこもって勉強ばっかりしてる。僕たち、さびしかったんだよね」

アスピスの呆れ声。そしてスピナキアとルブス、人化した父の霊銃兄弟がしたり顔で頷いている。

「ぼくは幼くない。子供なのは姉さんだけだよ。うん、確かに家に帰ってきた日と帰る日で比較すると、姉さんの体型はいつも変わっているかもね」

「食べて寝るだけってことはないわよ。ママのお手伝いだってしているじゃない。っていうか、あんた勉強のしすぎで目つき悪いのよ」

パヴリーンは自分よりもずいぶんと背の高い弟の、脇腹を肘で突く。弟は仕返し、とばかりにパヴリーンのつむじを指でぐりぐりと押した。

「……二人とも、もうそこまでにしてくれるかな。ママも困っているしパパは早くママの料理が食べたいんだけど」

いつまでも弟とじゃれ合う中、低い声が響き室内が静まり返った。

姉弟で同じ動きをしながら、恐る恐る目線をあげる。

そこにいたのは、笑わない目をした父。凍えた薄緑の目で、じっとこちらを見据えている。

「ご、ごめん、パパ」

「ごめんなさい……」

母が絡んだ時の父は、震えあがるほど恐ろしい。

パヴリーンとラオインは、慌てて食卓についた。

「わー、ゼアが普通に怒った」

「この光景も懐かしいね」

『まったく、パヴリーンが父親を越える日は当分先だな』

――久しく忘れていた、賑《にぎ》やかな温かさ。

「パヴリーン、今日は泊まっていくでしょう？」

柔らかな笑みを浮かべる母。なにがあっても、常にパヴリーンを信じてくれた。

「パパは明日お休みだけど、事務所の掃除でもしておいてあげようか？」

先ほどとは打って変わった優しい顔でシチューを掬う父。いつだって、パヴリーンを守ってくれる。

「ぼくは今夜、寮に帰るよ。明日は彼女と約束があるんだ。姉さんはいいよね、ずっとアスピスさんと一緒なんだから」

顔を合わせるとつい、喧嘩という名のじゃれ合いをしてしまう可愛い弟。

「僕、ゼアと契約できて良かったよ。おかげで毎日がすごく楽しい。ね、ルブス」

「うん。みんなといると体の中心がぽかぽかする気がするね、スピナキア」

小さい頃、庭のブランコで毎日のように一緒になって遊んだ。見た目は子供だが、まるで兄のような存在の兄弟。

『……俺はこの霊銃《からだ》になってよかったと思う。なによりも大切な存在にもう一度、出会うことができたからな』

初恋の相手。そして、生涯を捧げると覚悟をきめた恋人。

パヴリーンは愛する家族を眺めながら、穏やかな気持ちに満たされていた。


深い森の奥で、何発もの銃声が鳴り響く。

「パーニスさん！　トカゲの鎌、鎌だけは絶対に傷つけないでよ！」

パヴリーンは土煙をあげながら地を這う魔獣〝首狩り蜥蜴《トカゲ》〟に向かってアスピスの引き金を引いた。

「わかってるって、所長！」

跳ね飛んだトカゲの首をさらりと避けたパヴリーンの真横を、水色をしたつむじ風をまとった弾丸がすり抜けていく。

魔銃ネイルの〝突風〟の弾丸。

『あーあ、オウムが張り切ってるなぁ。長年の相棒はワイアだってのに、アレーナと組んでいるほうが楽しそうだ』

呆れと揶揄いの入り混じった声。

「ネイルは男の子だっけ？　やっぱり、若い女の子がいいんだね」

『俺は違うからな』

――カルケウスからの手紙で、ウルラの霊銃を二丁ともラク・パーニスが譲り受けた、と知ったパヴリーンは、すぐさまラクに連絡を取った。

そしてぜひ事務所で雇いたい、と伝えた。

当初、ラクは将来アケルで個人事務所を開くという夢を持ってたらしく、あっさりと断られてしまった。

けれど二人で働けばパヴリーンの事務所も潤うし、ラクは開業資金を貯めることができる。

そう粘り強く交渉し、最終的に三年間の契約社員として働いてもらうことで合意に至った。

ラクの雇用についてはもちろんアスピスに相談をしている。

『あー、まぁいいんじゃないか？　仕事のできそうなヤツだったし』

以前のパヴリーンなら、アスピスのあっさりとした反応に〝嫉妬をしてくれない〟と面倒くさく落ち込んでいたかもしれない。

けれど愛されている自信を持っている今はそういった気持ちは嘘のように凪いでいる。

ただラクとともに働くにあたり、内緒にしておくにはいかない部分があった。

パヴリーンとアスピスの関係。そこはきっちりと説明しておいた。

「あのね、実は私たち、単なる相棒じゃなくて恋人同士、なんだけど……」

「あぁ、なるほど。はい」

ラクは驚くでもなく嫌悪の表情を見せるわけでもなく、むしろ〝なぜわざわざ私生活を部下に説明してくるんだろう〟とでもいうような不思議そうな反応をみせていた。

パヴリーンは頭上を掠める巨大な黒鎌を、体勢をわずかに低くして躱しながら迫りくる蜥蜴に弾丸を撃ち込んでいく。

「でも、アレーナがよく許したよね。ワイアなりに色々な考えがあってのことだったとしても、彼がネムスを攻撃して破壊したことには間違いないのに」

『最初はなかなか受け入れられなかったみたいだな。それでもあの気の強いアレーナが最終的に受け入れたってことは、ワイアが誠実に対応したからだと思うぜ』

「……うん。時間はまだかかるかもしれないけど、これから彼らがいい関係を築いていってくれたらいいなって思う」

ラクは今、これまでと違い神銃アレーナと魔銃ネイル。もしくは魔銃ワイアと神銃アレーナ、の組み合わせで交互に銃を使用している。

魔力を吸い取り寿命を与えて来るネイルの魔力は、元が鸚鵡のせいか魔力を与え寿命を奪う神銃たちよりかなり低い。

そのおかげというか、ラクは対神銃用に魔力制御の文言をいくつか刺青するだけで、現在は二丁の銃を駆使して戦えるようになっている。

『……お前もまだ、もう一丁欲しいと思ってるのか？』

パヴリーンは即答する。

「ううん、いらない。あの時はちょっと意地になっていただけ。私、アスピスだけでも充分強いから。大体パパだって、スピナキアとルブスに出会うまでずっとアスピスだけだったわけでしょ？」

『そこは〝二人きりでいたい〟とか言うところだろ』

「当たり前のことをいちいち言う必要ないでしょ。アスピスの〝愛してる〟と同じよ」

それを言われると弱いのか、アスピスはもごもごと口籠る。

パヴリーンはそっと肩を竦めた。アスピスはいまだに、愛しているとは言ってくれない。

けれど、本当に気にしていないのだ。

愛情はそれこそ毎晩、ちょっと引くくらい与えられているし、行為中も何度か言おうとしている様子がうかがえる。

それだけで、もう心は満たされているのだ。

「所長、採集士が来た！」

背後から、残りの首狩り蜥蜴を狩り終わったラクが声をかけてくる。

「はーい、ありがとう。あ、鎌と皮の採集はそれぞれ違う採集事務所だからね、名簿と照らし合わせておいて。請求書も忘れないでね」

「了解」

ラクはすでに手にした名簿に目を通しながら、集まってきた採集士たちに的確な指示を出している。

『ラク・パーニス、思っていた以上に優秀な男で良かったな』

「ほんと。真面目だし穏やかな性格だから、パーニスさん指名でお金持ちのご令嬢から護衛依頼も増えた。契約を延長したいくらいよ」

『ま、俺は正直なところ、とっとと三年経って欲しいと思ってるよ。言っとくが嫉妬じゃないぜ？　三人……じゃなくて二人と一羽か、うるさいんだよ、あいつら』

「いいじゃない、にぎやかで」

アスピスはそれに応えない。

パヴリーンは苦笑を浮かべた。アスピスの考えていることが、手に取るようにわかる。

「……あのね、家族って、大勢いればいいってものじゃないからね？」

パヴリーンとアスピスの間に、子を成すことはできない。自分たちはずっと、二人きりの生活を送ることになる。

けれど、後悔などない。

それは望んでいる二人の愛の形だからだ。

＊＊＊＊＊＊＊

パヴリーン・ヘルバリアは六十歳を過ぎてもなお、シーニー国内で現役の魔砲士として活躍し続けた。

彼女の事務所に依頼はひっきりなしに入ったが、ラク・パーニスがアケル王国に戻ってからはごくたまに信頼できる魔砲士と組むだけで、基本的には一人でこなせる量しか仕事を受けなかった。

高い実力に愛らしい容姿。

なぜそんな彼女が一人で事務所を切り盛りしているのだろう、と疑問に思い言い寄る男は後を絶たなかった。

しかし相手がどんなに優れた容姿を持っていようが目を見張るような金持ちであろうが、パヴリーンがなびくことはなく数多の男を袖にし続けた。

そして、彼女の周囲に男の気配は一切ない。

周囲は色んな噂をしていたが、パヴリーンは訊かれても薄く笑うだけでなにも答えようとはしなかった。

それでも五十歳を越えた頃になると〝パヴリーン・ヘルバリアは魔砲士という仕事に人

生を捧げているのだろう〟という説で落ち着くことになる。

依頼達成の速さは他の追随を許さず、年を重ねても颯爽《さっそう》と霊銃を使い、魔獣を屠るその姿は若い魔砲士たちの手本であり憧れでもあった。

だが、ある時いきなり事務所をたたみ、誰にも詳しい説明をすることなく愛銃の魔銃アスピスとともにアケル王国へと移り住んでしまった。

「もう、彼と直接、話ができなくなってしまったから」

彼女が唯一残した言葉の意味を理解できる人間は、その頃にはもう誰一人としていなかったという。

＊＊＊＊＊＊

薄暗い洞窟の中を、老女と中年の男女が歩いていた。

男は右の腰と左の腰、そして女は左胸に銃をぶら下げている。

老女の腰にも銃帯が巻かれていた。

そこには、華奢《きゃしゃ》な老女にまるで似つかわしくない大型の銃が納まっている。

古い遺跡ゆえに魔獣の類はほとんど生息していないが、それでも三人は慎重に歩を進めていく。

深部へ向かうにつれ、周囲の壁に霊晶石の結晶が増えていくのが確認できる。

やがて、遺跡の最奥にある半球状の天井をした空間が見えてきた。

「着きましたよ、ヘルバリアさん」

「えぇ、やっと来ることができたわ。こんなところまでおつき合いさせてごめんなさいね。ありがとう、お二人とも」

老女パヴリーンは、皺だらけの顔に笑みを浮かべた。

「いいえ。父からヘルバリアさんが〝ある依頼〟をしてきた時には、なにがあっても優先し必ず遂行するように、とずっと言われていましたから」

「ご依頼をいただいてから、アレーナが大騒ぎで大変でした。つられてネイルも騒ぐもので、今もずっとうるさいんですよ」

「あら、アレーナとネイルは相変わらずね。ワイアは？」

「むしろ怖いくらい静かですよ。色々と思うことはあるみたいですが」

――二人の男女はかつてともに仕事をしたラク・パーニスの息子と娘。

彼らの子供たちも魔砲士になり、ラクが興した事務所はいまやアケルで最大規模を誇る。

彼らは数年前に亡くなった父よりも魔力が高く、また銃たちとの相性も良いようで、かつてのパヴリーンと同様に銃の状態の彼らと会話をすることができるらしい。

ここまで来る道すがらも、霊銃たちとなにかしら話をしながら歩いていた。

「……じゃあ、もうここまででいいわ。奥には私一人で行くから」

パヴリーンは奥を指差した。

ラクの子たちは一瞬顔を見合せたが、自分たちの銃になにか言われたのだろう。

二人同時にこくりと頷き、一歩後ろへと下がっていく。

「いってらっしゃい、ヘルバリアさん」

「しばらく、これを使ってください」

手渡されたのは、暗闇で光る夜光茸《やこうだけ》を水晶に封じ込めたもの。

洞窟の中や暗い森で野営をする時に重宝する、暗すぎもせず明るすぎもしない光源だ。

「本当に、どうもありがとう」

二人は手を振り、元来た道を戻っていく。

老パヴリーンはその背が見えなくなるまで見送ったあと、静かに奥の空間へ歩を進めた。

「もう少しで、また会えるからね」

そう言いながら、腰の銃に触れる。

年を取ってから、アスピスと直接会話をすることができなくなった。

父はかなり高齢になってもスピナキアとルブスとは普通に会話をしていたが、それは兄弟銃の力が非常に強かったからかもしれない。

ちなみに兄弟は、両親亡きあともヘルバリア家で暮らしている。

残念ながら弟ラオインの息子も娘も魔砲士にはならなかったが、孫の一人が現在魔砲士の養成学校に通っていると聞いている。

きっと、かつての父と兄弟のような、いい関係を築いてくれるに違いない。

未来は誰にもわからないが、少なくともパヴリーンはそう信じている。

「夢の中でも会えなくなってからの時間が、本当に長かったわ。身体が丈夫すぎるのを恨む日が来るとは思わなかった」

アスピスに触れる、枯れ枝のような指。なかなか温度も感じにくくなったけれど、今はほんのりとした温かさを感じる。

彼は今、なにかを話しかけてくれているのだろう。それが伝わってくるだけで、胸の中が穏やかに満たされていく。

「ここね、あなたが父と出会った場所は」

ぽっかりと開いた空間の真ん中には、岩が盛り上がりまるで台座のようになっている。

パヴリーンはその台座によじ登り、少々不安定なそこへ身を横たえた。

そのまま、もうあまりよく見えない目でぼんやりと天井を見つめる。

思わず眠ってしまいそうなほど、静かな空間。

清浄な石に囲まれているからだろうか、風もない洞窟の最深部であるにもかかわらず、空気がとても澄んでいる。

——ずっと、考えていた。

命の灯が消えるその時には、聖霊遺跡《ここ》へ来て霊晶石に身を任せよう、と。

両親に申し訳ないと思う気持ちがないわけではない。パヴリーンの願いが叶ってしまったら、人の姿で新たな生を受けることはできなくなってしまうからだ。

それに、必ず石に魂が吸収されるとは限らない。

霊晶石の近くで命を落とした者は他にもいるだろうし、彼ら全員が魔法武器になっているとは思えなかった。

けれど、パヴリーンにはあったのだ。

もう一度アスピスに会える、という、確かな自信が。

ただ老齢の身でここまで来るのは困難だということはわかっていた。おまけに途中で命を落としては、本末転倒になってしまう。

そこで生前、ラク・パーニスに頼んでおいた。

〝老女を聖霊遺跡の奥に連れ出し、最深部へ置き去りにする〟という依頼を黙って受けてくれるのは、事情を知っていてかつ信頼できる彼しかいなかったのだ。

「……なんだか、いい感じに、眠くなってきたわ」

ふーっと深い息を吐く。同時に、なにかが爆発したような音が遠くから聞こえた。

ラクの子供たちは、約束どおり遺跡の入り口を爆破してくれたらしい。

「よかった……当分は、邪魔されたく、ないもの……」

普通に考えるなら、淡い灯りしかない真っ暗な洞窟の中で一人命が尽きるのを待つ、というのは怖いことなのだと思う。

でも、パヴリーンは違う。

「待ち遠しい、な……」

胸の上に乗せたアスピスをぎゅっと抱き締めながら、パヴリーンはゆっくりと目を閉じた。


「おい、起きろ」

まるで波に揺られているような、ふわふわとした浮遊感。その心地よさに身を委ねていると、懐かしい声が聞こえる。

「起きろって。いつまで寝てるんだよ」

「んん、ん……？」

目を開けたいと思うのに、なかなか瞼《まぶた》が持ち上がらない。眠り続けていたせいで、目の開け方を忘れてしまったのだろうか。

「まったく、世話の焼ける女だな」

溜め息とともに、瞼に温かいなにかが触れた。

ちゅ、ちゅ、と音を立てて瞼が吸われ、それが唇であることを遅ればせながら理解する。

「あ……」

何度も瞼に口づけを受けるうちに、強張った筋肉がほぐれたのかゆっくりと両目が開いた。

「ようやく起きたか。おはよう、パヴリーン」

「おはよう。……アスピス」

パヴリーンの目の前には、赤銅色の髪に青い目の男がいた。以前と変わらない、黒い背広姿でパヴリーンを優しく見下ろしている。

「ずっと、ずっと会いたかった……！」

パヴリーンはアスピスの広い胸にしがみついた。即座に、痛いほどの強さで抱き締められる。

「俺はもっと会いたかったよ。話ができなくなってからは、すぐそばにいるのにお前が遠くにいるように感じられたからな」

「ごめんね、待たせて。でも女性は支度に準備がかかるものなのよ？」

胸に頬をすり寄せながら、顔をあげてアスピスを見つめた。透き通るような美しい青眼に映るパヴリーンは、二十代の頃の姿になっている。

「あー、よかったぁ。おばあちゃんの姿だったらどうしようかと思ってた。なにがなんでも若いままでいられますように、アスピスに嫌われませんように、って祈りながら眠っていたの」

「……相変わらず重い女だな。どうもしないだろ、俺は見た目なんか気にしないし」

「私は気にするもん。だって、好きな人には一番可愛い姿を見せたいじゃない」

――魔力を含む霊晶石に人間の魂が吸収され、その魂が再び人の形を取る時、その持ち主の魔力がもっとも高かった時の年齢になるのではないか。

アスピスは「死んだ時三十五歳だった」と言っていたが、見た目はそれよりも若く見えたことから、パヴリーンはなんとなくそう考えていた。

「……お前は年をとってもずっと、可愛くて綺麗なままだったよ」

「本当？　嬉しいな」

「あぁ、ずっと傍で見ていた俺が言うんだから本当。……愛してるよ、パヴリーン」

ようやく聞けた愛の言葉。

驚きに見開いた両目が一気に熱くなり、大粒の涙が溢れ出してきた。

「わ、私も、愛してる……！　もう、なんで今頃になって言うのよ……！」

背広の上着を涙でぐしゃぐしゃに濡らしながら、胸に顔をぐいぐいと押しつける。

「ここまでくれば、お前は俺から絶対に離れることはないだろ？」

「なにそれ。……自分だって、重い男じゃない」

「そうだよ、知らなかったのか？」

腕の中にすっぽりと納まったまま、啄むように口づけを繰り返す。

このあとは、時の波間を二人で眠りながら日の目を見る日を待つだけだ。

例えその日が永遠に来なかったとしても、こうやって二人でいられるのなら他に望むことはなにもない。

「アスピス、愛してる。あなたは私の人生の光。これからも、ずっと」

「俺のパヴィ。なにがあっても永遠に、お前だけを愛している」

恋人たちはしっかりと抱き合ったまま、あふれる光の奔流に身を任せていく。

青と薄緑の瞳は、互いの姿をしっかりと映したまま決して離れることはない。

＊＊＊＊＊＊

そして古く崩れた聖霊遺跡の跡地から、世にも稀な『夫婦銃《コニユゲース》』が発掘されるのはこれから数百年の後になる。

完

あとがき

こんにちは、杜来リノです。

この度、ムーンドロップスさまより四冊目の作品『時の波間で貴方とともに眠れたら女魔砲士は過保護な霊銃《おとこ》と夢の中で愛し合う』を出させていただきました。

書き下ろしの紙書籍は初めてなので、書いている間ずっと緊張と喜びの狭間をゆらゆらとしている感じでした。

このお話は同じくムーンドロップスさまから出していただいたデビュー作『色彩の海を貴方と泳げたら　魔砲士は偽姫を溺愛する』の続編というか、前作のヒーローであるゼアとヒロインのウィーティス夫妻の娘が主人公になります。

娘のお相手は前作で読者さまからご好評いただいていたキャラ「魔銃アスピス」です。人間体になれる場面が限られているヒーローになるのですが、前作では顔のなかった彼、今回は顔があります。

めちゃくちゃカッコいいのでより好きになっていただけるのではないかなーと思っています。

そして今作は珍しく、ヒロインがかなり強気でかつ面倒くさい性格。

私の今までの作品を読んでいただいた方はお気づきだと思いますが、こういうタイプ、私の作品だとヒーローに多かったんですよね……。

ですがヒーローも決して気弱ではないので、なんというか〝面倒くさくて愛情が重い、似た者同士のお話〟といった感じでしょうか。

前作の両親も作中に登場するので、親子二代に渡る世界観を楽しんでいただけたら嬉しいです。

今回もお世話になりました担当さま、そして設定が頭の中にあるからこそ作者が気づきにくい矛盾を鋭くご指摘くださった編集部の皆さま。

〝親編〟から再びイラストを手がけてくださったサマミヤアカザ先生。嬉しくて光栄で、表紙を眺めるたびに心が躍ります。

素敵な作品に仕上げていただき感謝しかありません。

そして、いつも応援してくださる読者さま。

こうやって作品を世に出せるのも、ひとえに温かく励ましてくださる皆さまのおかげです。本当にありがとうございます。

これからも皆さまにお目にかかれるよう、頑張って己の世界を書いていきたいと思います。

杜来リノ

ムーンドロップス文庫 杜来リノ作品

杜来リノの人気作品が他にも読めます！
お求めの際はお近くの書店または電子書店にて。

偽りの結婚なのに旦那様が甘すぎる！

色彩の海を貴方と泳げたら 魔砲士は偽姫を溺愛する

杜来リノ［著］／サマミヤアカザ［画］

〈あらすじ〉
葡萄色の髪を持つ薬師ウィーティスは、同じ髪色の第五王女を留学先から連れ戻すまでの間、王女の身代わりとして魔砲士ゼアと結婚するよう王宮から命令される。ゼアは不慮の事故で目を傷つけ、しばらくの間“色”でしか相手を識別できないのだという。「ゼアを絶対に愛してはいけない」そう契約して彼と暮らし始めたウィーティスだったが“夫”は魅力的な人物で──。
「時の波間で貴方とともに眠れたら」母編。

美形の騎士はいじわるで甘い

真珠の魔女が恋をしたのは 翼を失くした異国の騎士　邂逅編

杜来リノ［著］／石田恵美［画］

〈あらすじ〉
後輩魔女の結婚式に出席するために嫁ぎ先の国アシエに到着した魔女ファラウラ。後輩の結婚相手は『騎士団の団長』だと聞き、迎えに来るのは『聖騎士』だと思い込んでいたが、やって来たのは『機装騎士』ラルジュだった。一見穏やかで飄々としているのに、時折、意外な素顔を見せるラルジュにファラウラはいつしか惹かれていく。
心に傷を持つふたりの愛の物語、第１部。

少年魔王と夜の魔王
嫁き遅れ皇女は二人の夫を全力で愛す 1

小澤奈央［漫画］／御影りさ［原作］

あらすじ〉
刂と筋肉を愛する大帝国アルセン
ドラの第一皇女ユスティーナは、
24 歳になっても縁談がない。
ある日、魔界から帝国に「皇女を
7 歳になる魔王ハルヴァリの妃に
所望したい」という書状が届く。
8 歳の第二皇女に対する求婚かと
慌てる両親に、ユスティーナは自
分が嫁ぐと申し出る。
魔王の城では、幼く愛らしい魔王
ハルヴァリと彼の補佐官だという
逞しい美丈夫レヴィオがユス
ティーナを待ち受けていた。

〈原作小説〉
絶賛発売中！

恋愛天国《パラダイス》

オトナ女子に癒しのひとときき♪
胸きゅん WEB コミックマガジン !!
Kindle にてお求めください。

絶賛連載中！「少年魔王と夜の魔王 嫁き遅れ皇女は二人の夫を全力で愛す」「ひねくれ魔術師は今日もデレない　愛欲の呪いをかけられて」「処女ですが復讐のため上司に抱かれます！」「私を（身も心も）捕まえたのは史上最強の悪魔 Dr. でした」「溺愛蜜儀　神様にお仕えする巫女ですが、欲情した氏子総代と秘密の儀式をいたします！」「添い寝契約 年下の隣人は眠れぬ夜に私を抱く」「王立魔法図書館の［錠前］に転職することになりまして」

★著者・イラストレーターへのファンレターやプレゼントにつきまして★

著者・イラストレーターへのファンレターやプレゼントは、下記の住所にお送りください。いただいたお手紙やプレゼントは、できるだけ早く著作者にお送りしておりますが、状況によって時間が掛かる場合があります。生ものや賞味期限の短い食べ物をご送付いただきますとお届けできない場合がございますので、何卒ご理解ください。

送り先
〒160-0022　東京都新宿区新宿1-36-2　新宿第七葉山ビル
（株）パブリッシングリンク
ムーンドロップス 編集部
〇〇（著者・イラストレーターのお名前）様

時の波間で貴方とともに眠れたら
女魔砲士は過保護な霊銃《おとこ》と夢の中で愛し合う

２０２５年４月１７日　初版第一刷発行

著……………………………………杜来リノ
画……………………………………サマミヤアカザ
編集…………………………株式会社パブリッシングリンク
ブックデザイン…………………しおざわりな
（ムシカゴグラフィクス）
本文ＤＴＰ…………………………ＩＤＲ

発行……………………………………株式会社竹書房
〒102-0075　東京都千代田区三番町８－１
三番町東急ビル６Ｆ
email：info@takeshobo.co.jp
https://www.takeshobo.co.jp
印刷・製本…………………………中央精版印刷株式会社